Sors de toi!

L'idée de bonheur chez Jules Romains.

福は外

ジュール・ロマンの幸福論

加藤和孝
Kazutaka Kato

関西学院大学出版会

福は外

ジュール・ロマンの幸福論

関西学院大学経済学部言語文化研究叢書　第3編

序にかえて

ボードレール研究をテーマとして、ニース大学大学院に留学して間もない頃だった。本屋で何気なく背表紙を眺めていたとき、« Ai-je fait ce que j'ai voulu? »[1]（『我ハ望ミシコトヲ成シタルヤ』）という風変わりなタイトルに目がとまった。「作家が自らの作品群に審判を下す」という趣旨で刊行された叢書の一つで、著者はジュール・ロマン（一八八五年―一九七二年）だった。

この作家について当時何を知っていただろう。文学史的な知識としては、大河小説『善意の人々』の作者であり、ユナニミスムの提唱者であったことぐらいか。学部生時代に岩田豊雄氏訳の『クノック』、青柳瑞穂氏訳の『プシケ三部作』（いずれも新潮文庫）を読んだことがあった。もっとも、ただ読んだという実績欲しさの飛ばし読みに近い読書だったろうから無理もないだろうが、その内容については正直よく理解できなかった。『クノック』は「喜劇」にしてはさほど面白くもなかったし、『プシケ』第二部『肉体の神』の官能的な描写には興味を引かれたものの、第三部『船が…』のオカルトっぽい結末には閉口した覚えがあった。

さて、その本を手にとって拾い読みしていると、こんな一節があった。

影響を受けた最大の詩人はヴィクトール・ユゴーで、デカダンには肩をすくめるだけ、象徴主義とその一派には多少の関心はあったけれども、ランボーは別としてヴェルレーヌやマラルメにはあまり心を揺さぶられることもなかった。

ただし、ボードレールに関してはいささか厄介で、二十歳前のいつだったか、『牧神の角』で有名な詩人エルネスト・レーノーに「最も大きな影響を受けたのは誰か」と問われたとき、「それはボードレールでした」と答えてしまった。時代遅れと思われるのが怖さの小さな嘘だった。確かにボードレールは頻繁に読んだし、その濃密な、無駄をそぎ落とした文体に学ぶところは大きかった。しかし、当時からすでに精神の健康が何よりと考えていた私には『悪の華』を愛読書とすることはできなかった。シェークスピア、ヴォルテール、ゲーテ、ユゴーなどの創造力、豊饒さに惚れ込んでいた私には、ボードレールの、息切れするような、人の住めない世界に十分満足することはできなかった。[2]

ボードレールをテーマにしながらも、自分では乗り越えられそうにない壁にぶつかっていた当時の私には、ジュール・ロマンとはまったく違った意味ではあろうが、アンチ・ボードレールという点で共感を覚えた。そして、軽はずみにもテーマ変更を一人合点で決めてしまった。

私の指導教授は、著名なボードレール研究家マルセル・A・リュフ先生で、ニースから西へ五十キロほどの、香水で有名な町グラースに住んでおられた。

私より確か一年前からニースに留学されていた慶応大学の井上輝夫氏（この方にはニース到着直後から言葉に尽くせないほどお世話になった）もボードレールの専門家だった。テーマ変更の件を相談したところ、井上氏はちょうど研究経過を報告する必要があるので一緒に行きましょうと、車に同乗させて頂いた。私はリュフ先生とは初対面だったが、先生は私の話を丁寧にお聞き下さって、テーマ変更を快く承諾された。ただし、一言、今も心に残っている先生の言葉がある。

「力業」（tour de force）ですよ。

『善意の人々』についてだったか、ジュール・ロマンの創造活動全体についてだったか、今は判然としないが、その意味が身にしみて分かったのは、今度はジュール・ロマンの壁にぶつかった後のことだった。

私にとってはゼロからの出発だった。当時パリに留学しておられた先輩の宇佐美斉氏に依頼し、国立図書館でジュール・ロマンの書誌をコピーして送って頂いた。その膨大な著作量に圧倒されたが、ともかく文献蒐集に力を注いだ。ニースのある書店で一挙に多数の文献を見つけ、いそいそとレジへ持っていくと「うちの店を空っぽにするつもり？」と、からかわれたこともある。代償行為とでも言おうか、一冊見つけて買い求めることが一つの研究成果であるかのような錯覚に陥っていたことは確かだ。絶版になっているものも多く、ニース大学の図書館で見つけた文献を、コピーが禁じられていたためか、せっせと書き写したりもした。ジュール・ロマン研究には不可欠な書物だが入手不可能とされていた文献を、パリのブキニスト（当時、セーヌ河岸にずらりと並んでいた緑色の古本小屋）で見つけ、信じられないような安値で手に入れたときの感激は今も覚えている。

帰国後、はじめて書いた論文は「ユナニミスム」に関するものだった。ジュール・ロマンが四十歳のとき北欧の知識人グループに請われておこなったユナニミスムに関する講演を要約し、ユナニミスムを提唱するに至った内的および外的な要因について考察をほどこしたものである。内的要因については、私自身の気質に照らしても大いに共鳴するところがあった。しかし、それがなぜ「あのユナニミスム」に行き着いたのか、その結びつきが苛立たしいほど理解できなかった。人間誰しもそうであろうが、ジュール・ロマンにも独特の「アクの強さ」がある。私にとってジュール・ロマン研究とは、結局、その「アクの強さ」と向き合うことだった。共感と反撥の狭間を揺れ動き、研究は遅々として進まなかった。ようやく分かったのは、私もロマンの「アク」を受け入れながら私なりの「アク」をぶつけるほか仕方がないという、言ってみれば当たり前のことだった。

『ドノゴー・トンカ』の分析を契機に『クノック』を訳しながら精読し、一人合点かもしれないが、「これを読み解いた」と思えたときが最も楽しかった。

『善意の人々』の幸福観を探求するという大きなテーマは未完だが、ジュール・ロマンの提示する幸福論は、ある人々にとっては、いつの時代にも通用する普遍的なものだと確信している。
本書は、ジュール・ロマンに関する私の論文から七編を選び、加筆・削除などの修正を施したものである。

【注】

1 Jules Romains: *Ai-je fait ce que j'ai voulu?*（Wesmael-Charlier, 1964）
2 *ibid.*,pp.30-31

目次

一　福は外

自我からの脱出

「自我は憎むべきものだ」[1]とパスカルは書いた。前田陽一氏責任編集による訳書において、この「自我」という語は、ポール・ロワヤル版では「自愛」を意味するものにほかならない、と注記が施されている。

パスカルは続けて「自我はすべてのものの中心になるから、それ自身不正である。それは他人を従属させようとするから他人には不快である。各人の自我は互いに敵であり、他のすべての自我の暴君になろうとするから（自我は憎むべきものだ）[2]」と述べている。

唐突だが、ジュール・ロマンにとっても自我は憎むべき対象となった。彼はその原因を、『善意の人々』のなかで、ジャレーズという人物（作家の分身の一人）に回想させている。

ジャレーズは初の聖体拝領の日を回想する。

儀式に先だつ一週間というもの彼は、恩寵に浴するための純粋無垢な心の状態を保っていられるかどうかを懸念して、まるで蚊の大群のなかを素裸で歩くような、びくびくした気持で過ごしたのであった。当日の朝も、教会のそばで彼と同じく聖体拝領を受けに来たひとりの少女にふと目をとめるや、途端に、なにか穢らわしい考えを抱いたのではないかと心配して司祭のところへ駆けつけ、懺悔せずには気が済まなかったほどである。儀式の間ずっとジャレーズがこのような内心のテロリスムに支配されていたことは言うまでもない。彼にとってそれは恩寵という恍惚境とは程遠い、苦渋に満ちた一日であった。

それからしばらく後、ジャレーズが十三歳のとき、福音書のなかに次のような言葉を見つけるのである。「赦されない罪がある。聖霊に対する罪である。[3]」

ジャレーズにとってまさに致命的な一撃であった。これまでも絶えず罪の観念に怯えていたとはいえ、赦免はまだ手の届くところにあった。ところが今や、決して赦されることのない罪の存在を発見したのである。その性質からして最も非物質的で捉え難い罪。どうすればその罪を犯さずに済むだろう。まだ犯してはいないと、どうやって確信することができるだろう。

はたして、このような煩悶は「子供っぽい思い違い」によるものだったのだろうかとジャレーズは自問するのである。言葉を文字通りに受取って生まじめに考えていた自分の方が間違っていたのだろうか。否！　こと宗教に関して、ある言葉を文字通りに受取らなくてもいいなどと、いったい誰が保証してくれるだろう。何ぴとたりともこの問題について彼を安心させてくれはしないとわかっていたジャレーズは、司祭にも打明けず、未来永劫の罰という地獄への恐怖を彼ひとりの身に引受けたのである。やがて、思春期の彼を性的な強迫観念がとらえ、恐怖はいやがうえにも増幅されることになったのである。[4]

ジャレーズのような神経質な少年にとって、苛酷な自己検証の果てに、圧倒的な「神」の支配を逃れ、自我の重荷から解放されたいと願うのも無理からぬことであった。

ジュール・ロマンはやがてカトリックの信仰を捨てることになるが、その空虚を埋めるかのように[5]新たな信仰対象らしいものと遭遇した。話が出来すぎではないかとも思えるが、彼が後に提唱することになるユナニミスムの原点ともいうべき「啓示体験」にここで触れざるを得ない。一九〇三年のいわゆる「アムステルダム街の啓示」である。以下、アンドレ・ブーランが作家との幾度もの対話をとおして浮き彫りにしたジュール・ロマン像[6]から「啓示体験」の箇所を引用しておこう。

十月のある夕暮れ時、いつものように親友と連れだって下校途中だったジュール・ロマンは不思議なひらめきというか天啓を受けた。その時刻、アムステルダム街は群衆で溢れかえっていた。乗合馬車が車道の石畳をよろよろと通り過ぎる。と突然、彼に何が起こったのか。いかなる内的メカニズムが始動したのか。この街路、照明、上り坂の歩道で行き交う人々、それらを今までこのような目で見たことは一度もなかった。いかなる絆が、秘かに織りなされて、それらと彼をつなぐのか。言葉にはできなかったろう。だが、いつも肩にのしかかっていたあの孤独感はまるで飛び去ったかのようだった。そして、別の感情が彼を満たし、彼をほろ酔い気分にさせた。この群衆に属している、この群衆の分かちがたい一部である、この群衆と無二にしてかけがえのない一瞬を生きているとの感情だ。

必然的な言葉は「一体」だ。そう、真実、彼は見知らぬこの人々と通じ合っていた。彼らの生に加わっていた、そして、まさにそこから、彼には全的かつ永遠に捉えられるように思える大文字の「生」に加わっていたのだ。[7]

私なりに言い換えれば、孤独感からの解放、群衆との一体感、さらには、彼らすべてを包みこむ外的世界に存在する「大いなる生」の認識と把握、とでも言えようか。

この体験にコメントすることはここでは控えたいと思う。

ただ、晩年のジュール・ロマンが「このような恵まれた瞬間、その経験を題材にした初期のユナニミスム的作品に見られるような特権的瞬間は、希にしか訪れなかった」[8]と語っていることは記憶にとどめておきたい。

また、ユナニミスムを提唱するに至った内的動機として、先に引用したジャレーズ＝ジュール・ロマンの苦悩が一つの引き金になったと述べたあと、次のように述懐している。

苦渋に満ちた経験の結果、自分の殻に閉じこもること、自分自身の状態に過度の注意を払うことが最も癒しがたい苦しみの源であると考えるようになった。自我崇拝を告発し、（創作活動においても）個人が個人そのものを目的や対象としないようにさせること、これが至上命令となっ

た。（括弧内、筆者補足）

当時、わたしが考えていたユナニミスムには、要約すると以下のような三つの眼目があった。

一　ある現実を探求し表現したいという欲求。その現実とは、きわめて不十分にしか知られていないが、その重要性は絶えず高まりつつある。より正確に言えば現代世界においてますます複雑で豊かな形態を帯びてきている現実である。

二　時代遅れとなった旧宗教の教義に幻滅して散り散りになりそうな人々に、宗教的な新しい絆を提供したいという野心。（そのために一種の多神教的な語彙を用いたが、今では誰よりも先ずわたしがそれに苛立たしい思いをしている。）

三　個人の魂がますます淀んで発酵する沼地からの脱出、幸福へ向かっての十字軍[9]。

サルトルによれば、「神秘主義とは脱―自（ek-stase）である、すなわち自己からはなれてなにものかへ向かうこと（arrachement à soi vers……）であり、そしてまた超越者を直観的に享受することである[10]。

自己の殻に閉じこもって内省のぬかるみにはまる。苛酷な自己検証の果ての自己嫌悪、絶望感。青少年期にありがちな自意識の過剰。ジュール・ロマンがこのような自己から脱出し得たのが例の「啓示」のお陰かどうかは定かでない。しかし、『一体生活』や『神化提要』を、さらには晩年の述懐を読む限り、「啓示」に近いひらめきのようなものが自己から脱出する道を見出させたことは確かであろう。ただ、筆力もあり野心家でもあった彼は、みずからのペンで自己のみならず全人類を救済できると思いこんだのだ。顧みて、自分でも苛立たしくなるような神秘主義的世界を構築しようとしたのも、まぎれもなく彼自身であり、彼の「アクの強さ」の表出だったといえる。

脱—自は、文字通りエクスタシーであり、我を忘れる「忘我の境地」である。以下に取り上げるジュール・ロマン文学のごく一部にも、多かれ少なかれ、自己からはなれ、我を忘れて我以外のものに没頭することで生き甲斐を見出したり、不幸や絶望から脱出するといった、いわば「ジュール・ロマン的幸福論」が読み取れる。いかなる苦悩、いかなる不幸にも効く万能薬のような幸福論ではない。自意識の蟻地獄に落ちてもがき苦しむ人々にとって、自己の外へ出ることが、内なる鬼を見つめることをやめ、外の世界で自己がいま成すべきことを成すことが、思わぬ効果を生むかもしれないという話だ。ともかく福は外にあるのだから。

【注】

1　パスカル『パンセ』四五五（前田陽一責任編集、世界の名著29、二四六頁）（中央公論社、一九七八年）

〔原書 Pascal : *Œuvres complètes*, p.1126 Gallimard, 1954〕

2　同書、二四七頁

3　マタイによる福音書XII—31「だから、あなたがたに言っておく。人には、その犯すすべての罪も神を汚す言葉も、ゆるされる。しかし、聖霊を汚す言葉は、ゆるされることはない。」

4　Jules Romains : *Les Hommes de bonne volonté*, tome IV, ch. VII（Flammarion, 1932）

5　Madeleine Berry : *Jules Romains*, p.11（Ed. Universitaires, 1959）

6　André Bourin : *Jules Romains discuté par Jules Romains.*（Flammarion, 1961）

7　*ibid.*,p.107

8　Jules Romains : *Ai-je fait ce que j'ai voulu?* p.41（Wesmael-Charlier, 1964）

9　*ibid.*,p.40

10　サルトル『シチュアシオン I』一四九頁、清水徹訳「新しい神秘家」（人文書院、一九七五年）〔原書 Jean-Paul Sartre : *Situations* I, p.179（Gallimard, 1947）〕

二　『一体生活』

「ユナニム」から「ユナニミスム」へ

本章は、ジュール・ロマンの『一体生活』のなかの幾つかの詩に拠って「ユナニミスム」へのアプローチを試みようとするものである。

一

周知のとおり、この詩集は一九〇八年アベイ派（L'Abbaye de Créteil）のグループによって刊行されたのであるが、その一員であったジョルジュ・デュアメルは当時を回顧して次のように語っている。「われわれの手で印刷した書物の数はせいぜい十五巻程度に過ぎなかったが、なかでもとりわけジュール・ロマンの書物をあげねばなるまい。若き詩人の名を大いに高からしめた書。表題といい、語り口といい、あたかも福音書のごとき伝染性の熱情をともなって世に出た書。すなわち『一体生活』のことである。[1]」

デュアメルの言うとおりこの詩集は、ルイ・ファリグール（Louis Farigoule）という名のパリ高等師範学校生徒の筆名ジュール・ロマンを一躍有名にした、いわば出世作である。「各方面から『一体生活』に寄せられた最大級の讃辞によって自尊心を十分に満足させられたことが、その後の創作活動において、傲慢というウイルスへの抗体になった[2]」と、ジュール・ロマン自身も述べている。

ところで「福音書」云々というデュアメルの言葉は意味深長であり、この詩集の、ひいてはユナニミスムそのものの性格を巧みに言い当てているように思えるのである。

この詩集が福音書にたとえられるとき、最初に連想されるのは何か。神秘性だろうか。確かに、神秘的な性格はこの詩集の特色ではある。これに関して、ジャン・プレヴォが「驚嘆すべきはジュール・ロマンが神秘の威光を拒んだことである。彼が自己のなかに、あるいは人間たちとの結合のなかに神秘を見出したとしても、彼の作品はその神秘を深めようとはせず、それを解明しようとした」[3]と言っているが、注目すべき指摘といえよう。

ジュール・ロマンが『一体生活』を書きはじめたのは一九〇四年であるが、その前年の十月、本書一章の「福は外」で触れた「アムステル街の啓示」を体験している。一九〇五年には「ユナニミスム」（l'unanimisme）という新語[4]を造り、やがてそれを理論化する方向へ歩み出すことになるのだが、啓示体験はジュール・ロマン自身にとってもひとつの神秘だったに違いない。

さて、ユナニミスムを理解する上で、それが神秘的な啓示体験を出発点としていることは、確かに重要な意味をもっている。しかし、それを重視するあまり、ユナニミスムの全てを「啓示」に帰することは、逆にユナニミスムへの真の理解を妨げる危険を伴っていると言わねばならない。デュアメルの「福音書」というたとえが、神秘性以外に、真に意味するのは何か。それとユナニミスムがどう繋がるのか。こうした問題意識を持ちながら詩集『一体生活』を読んでみよう。

二

それでは、まず、ジュール・ロマンに与えられた啓示とはいかなるものであったか。その原体験を再現していると思われる詩を通して見てみることにしよう。

商人たちが店の戸口に腰掛けている
彼らは眺めている。屋根が通りを空に結ぶ。
石だたみは陽を浴びて肥沃にみえる
トウモロコシの畑のように。

商人たちは帳場のそばで眠らせてしまった
夜明けから働いていた稼ぎたい欲求を。
まるで、いつもの魂とはちがった
別の魂が進み寄り、彼ら自身の敷居に来るかのよう、
彼らがいつも、暗いうちから店の敷居に来るように。

★

彼らはただ、腰掛けて一息つきたいだけなのだろう。
（中略）
外の空気を吸ってる人たちだ。何もない。
ところが、彼らに沿って、歩道に沿って、
何かが突然、存在し始めた。

何が大通りをこんな風に変えるのだ？
道行く人々の歩きぶりは、ほとんど身体的ではない。
もはや動きではなく、律動なのだ。
彼らを見るのに我はもはや目など要らない。

吸い込む空気は精神的な味がする。
　　　　　　　　　　　　　人々は
一つの心に寄り添う、それぞれの思いに似る。
彼らから我まで何も内的であることをやめない。
彼らの頬から我の頬まで何ら無縁のものはない、

そして空間は我らとともに思いながら我らを繋ぐ。(37–39)

「突然存在し始めた何か」によって往来の様相は一変する。行き交う大勢の人々の動きは、「我」にとって、目に見える物質的な動き――「我」の精神とは相容れない動き――ではなくなり、一つの精神が刻む律動のように易々と「我」に呼応し始める。先ほどまで「我」と「彼」を隔てる障壁であった空間は、今や、両者を結ぶ媒体として、「我」をも「彼」をも包み込み、そのなかでは彼我の区別が消滅する「我ら」という親密な内的空間として感得されるのである。

啓示とは、「我」と「彼」にかかわる感覚上の体験であり、かって経験したことのない特殊な「我ら」の発見であったといえるだろう。では、ジュール・ロマンはこの原体験に何を読みとり、どのような仕方でそれに執着したのであろうか。いや、それよりも先に、「啓示」以前の「我」を少し振り返ってみたい。なぜなら、執着の方向づけは啓示にいたるまでの「我」のなかで既に準備されていたと考えられるからである。

車軸がきしみ、馬がつまづく。
壁の角で子供が泣く。迷子になったのだ。
もうだめだと子供は思う、父親が

人混みに取り込まれて
死んだのだと。
　多くの女たちは喪のヴェールをつけている。
白亜に炭を砕いたような空。
街路の漏斗は、えがらい騒音で泡立っている。
世界は頭を袋に入れて歩んでいる。
我は探す。
　子供は泣く。
　車軸はきしむ。(33)

「我」は混沌の中で何かを探し求めている。混沌の原因は神を喪失したことにあるらしい。
ともかくも神の時代には
これほど暗くも寒くもなかった。(34)

神がいれば、どれほど嬉しいことか！（35）

見たこともない抽象的な神々、
崇高のなかに姿をくらます抽象的な神々、
山の上で話したことなど一度もない神々、
涙したあと、死んでもいない神々、
存在するのは勝手だが、我らの心は欲しくもない。（36）

神々（les dieux）は多神教の神々ではなく、キリスト教の神をも含む現代のすべての神を示しているものと思われる。詩人が信仰を捨てたことは、その経緯とともに前章で述べた。
突然存在し始めて、「我」を彼我の区別のない「我ら」に結びつけたあの「何か」。これを至福と思うには、「何か」の存在は余りに突然すぎた。やがて「我」は不安に襲われ、遁走が始まる。

優しい力の雨が降る。
我が思考の物陰に

一人になれる我が部屋に
我が身を隠しに行かねば。(40)

ところが、意に反して、遁走はもはや不可能であった。「我」(我が部屋)の奥に避難したつもりが、部屋の壁は「優しい力の雨」を遮ってはくれない。外から侵入してくる霧が部屋にたちこめ、「我」を見分けることすらできなくなる。もはや、部屋はかつての純粋な孤独の場ではなくなっている。(41)

大気は我が身を馴染みの家具から引き離し、かつては壁が外界に追いやっていた現実に我が身を結びつける。外的世界に抗して「我」を護ろうとする試みは徒労に終わる。巨大な「外」に比べ、「我」がいかに卑小であるかを知り、ついに進んで「我」を放棄し、「外」に身を委ねる。そのとき初めて、これまで「我」と対立していた外的世界は再び親密な様相を呈し、「我ら」という不可思議な彼我合一の世界へ「我」を導くのである。(42)

熱病に苦しむ少年に「我」は他者として同情するのではない。少年の苦しみは「我ら」という一体化した肉体に打ち込まれた弾丸のように「我ら」を苦しめるのだ。(43-44)

この「我ら」という感覚、それは「我」の自由を奪うとともに「我」を孤独から解き放ってくれる。(48) それはきわめて力強く不確かな何かであり (49)、一瞬「我」を捉え、「我」に溢れんばかりの力を注ぐや、たちまち消えてしまう「全的で束の間の何か」(46)であった。

探し求めたのは無駄ではなかった。
腰掛けた店主たちは家々に沿って
神の姿を描いたのだ。(50)

「何か」、それは喪失した神々に代わる新たな「神」、人々が「我」から出て集う所に生まれうるユナニム(一体魂)という名の「神」だったのだ。

しかし、ここで問題となるのは、探求のはてに発見した「何か」を「神」と名指したことであろう。啓示というかたちでジュール・ロマンを訪れたものが実際にどのようなものであったにせよ、それを「神」と命名することは恣意的な行為だと言わざるを得ない。しかも彼は、それが人類にとって普遍的な神たり得ると考え、現実にそうなることを夢見るのである。

前章でも引用したように、ジュール・ロマンはユナニミスムの眼目の一つに「人々に宗教的な性質の新しい絆を提供したいという野心があった」ことをあげている。『一体生活』を書いている段階で、そこまでの明確な意図があったかどうかは不明である。

しかし、ここでデュアメルがこの書を評して「福音書」という言葉を用いたことを思い出そう。

『一体生活』が、まさに「新しい神」の福音を宣べ伝える書であることを考えれば、まことにデュアメルの評は的を射たものとなる。さらに、詩人は自身のみならず人類が同じ苦しみを背負っているとみて、人類と共に救われることを考えた。すなわち、この書は「人類救済の書」なのだ。「福音書」という言葉がふさわしい所以である。

ただ、そうだとすると少々厄介な問題が生じる。「福音書」に関して論じることは可能か。まして、これを批判的に読むのは妥当か。事大主義に陥ると迷路に入ってしまう。この書は文学作品なのだ。それにジュール・ロマン自身が後年「(若い頃の作品で用いた)多神教的な語彙に誰よりも苛立ちを覚える」と書いているではないか。(括弧内筆者補足)

三

では、果してジュール・ロマンの新しい神が、さらには彼が提唱するユナニミスムが、真に人類の絆たりうるか否かについて考えてみよう。

『一体生活』において、「我ら」すなわち「ユナニム」「神」が具体的にどのように描かれているか、それらがいかなる意味を持っているか。

まず、「家族」**La Famille**(219–223)という詩だ。長い詩なので飛ばしながら訳しておく。

兄弟姉妹、いとこや幼い子供たちが
祖父母の家へ夜の団欒にやってきた。
部屋の中心は一片の炎だ。
炎に向けられた顔が見える。
炎に照らされた者は他の皆に存在している。
隣り合ってそこに腰掛けた農民たちのなかに
睦まじい気持ちが生まれる、たった一つの明かりから。
すべての思いは炎に向かって歩んでゆき
同じ四つ辻に行き着くのだ。

おそらくは貧しい農家の一部屋。炉の炎がひとつ、夜語りに時を過ごす家族の顔を照らし出している。家族の一人一人の思いは炎に向かって収束し、一体となる。

時折、誰かが話をする。
少しずつ、話し声はもう誰のものでもなくなる。

夜が話している。

あたかも一体感そのものが話しているかのようだ。利害も損得も、かつて心底憎しみ合ったことも忘れ、心地よい一体感に浸っているこの「我ら」には、今やただひとつの魂しか存在しない。こうした団欒から生れるのは、きわめて自然なかたちでの「我ら」であろう。しかし、この家族を真に一体化させるための、つまり、その一体感が現実の絆となるための前提条件は何ひとつ示されてはいない。あるのはただ「炉の炎」という詩的な道具立てだけだ。それゆえ、結局はこの「我ら」も次のような願望の形式をとらざるを得ないのである。

こうして睦み合う家族は、長く生きたいと願うだろう。
そう願うだろう。そして、この烈しい願望は
炎を揺らめかせ、声をふるわせ、
隣り合ってここにいる皆をいつまでも
大きな壁の部屋にひきとめさせる。ぴったり閉まった
部屋だから、心の息吹き一つ外へ逃げ出すこともない。(219–223)

四

次に、「劇場」Le Théâtre（64-68）を例にとろう。ここでは、たまたま同じ場所に居合わせた不特定多数から生じる「我ら」が描かれている。

開演前の劇場には、「我ら」という一体精神は存在しない。席に着く観客も、まだ、それぞれの「我」でしかないのである。やがて補助椅子が軋み、場内は満員となる。ざわめき、香水の匂い、人いきれが劇場全体に充ち溢れる。そして、開幕である。

幕が上がる。急に静まりかえったなか、
全的な魂は、生まれる前の瞑想にふけっている。
台詞が突然響き渡る。それが生まれた。

言葉は、寝覚めた身体の身震いのように
うねる。その繊細な愛撫で、歓びに
身を任す熱気を、溢れさせながら。

言葉はひたひたと寄せては、胸にぶつかり砕け散る。
だが利己的なドレスの生地をものともせず、
虹色の思いの埃と燃える泡を、心をめがけて
投げつける、たまらず心は我が身を委ねる。

人々の顔が、すべての感覚、すべての肉体が、
同時に声のする舞台の方に向けられる。
人々の視線が、数え切れない流れが、合流する。
そこにいて、同じものを耳にし、目にする。
皆の四肢と神経と筋肉が
無二の大歓喜を鍛え上げようと努める。
そして個は溶ける。誰一人、自分の
ちっぽけな身体や魂のことなど思いはしない。
個の苦悩も欲望も憎悪も、はかない人格も
取るに足りない意志も踏みつけて、
それぞれの個は飛び立ち、自己の外へ立ちのぼる。

場内の空気は溶け出した魂たちに満たされる。
場内の空気は精神的な一つの生となる。
劇場が存在する。二、三時間は生きるだろう。(64-68)

一体となった観客たちの精神、これは社会心理学者ギュスターヴ・ル・ボンが「集団的精神」(l'âme collective)[5]と呼んだものとほとんど同質である。

少し寄り道になるが、ユナニミスムが、ル・ボンをはじめ、デュルケームやタルドなど、群集や集団の心理を研究して注目された学者たちの影響を受けているとの指摘が多くみられた。ジュール・ロマンは『一体生活』の序文(一九二五年版)においてもそうだが、こうした社会学との影響関係については徹頭徹尾反論している。当時の群集心理学は、時に暴徒化する労働者たちの群集によるデモや騒乱をネガティブに捉えて分析したものが主流であり、詩人の感受性から生まれた「一体魂」「集団の精神」とは明らかに異なるものであろう。とはいえ、両者が時として似通うところがあることも否定できない。「個人の魂ではなく、一体と化した集団の魂を描くべきだ」とするジュール・ロマンのユナニミスムを、私自身も無条件には受け入れがたいと思うことがしばしばである。

右に引いた詩においても、観客が「我」から脱して「我ら」という集団の魂に溶け合う、数時間の忘我の境を讃美している。むろんこのような「我ら」が、現実的な連帯の意識とはおよそ無縁であることは言うまでもない。「我」から脱出し、「我」を放棄することは、取りも直さず連帯の基盤を失うことに他ならないからである。

我はもう我を愛さない、ユナニム（一体魂）、愛するのはおまえだ！
我ではない誰かが神となる、そこに我がいる。（151）

「我ら」が「我」を滅却したところにしか生れないとする限り、言いかえれば、「我ら」が「我」との接点を欠いている限り、その「我ら」は永遠にひとつの夢でしかあり得ないのではないか。
こうした理屈をこねて『一体生活』を批判するのはたやすいが、一方、それでいいのかという疑問が絶えずつきまとう。宗教につまずき、もがき苦しんだあげく見出した新しい神、自我から脱し、その神と一体化することで味わった解放感、無我の歓び、その発露としての熱気に満ちた詩集。やはり『一体生活』はそういうものとして素直に鑑賞すべきであろう。

【注】

初出は「« La Vie unanime » について」独仏文学語学研究Ⅲ（関西学院大学、論攷、第二十七号、一九七四年）

テクストには Jules Romains : *La Vie unanime.*（Gallimard, 1934）を使用した。

なお、（　）内の数字は引用箇所のページ数を示す。

1　Georges Duhamel : *Le Temps de la Recherche,* p.53（P. Hartmann, 1947）

2　Préface de 1925, *« La Vie unanime.»* p.9

3　Jean Prévost : *La Conscience créatrice chez Jules Romains.*（N. R. F. avril 1929, p.473）

4　ユナニム unanime（ラテン語の unanimus / unus animus「一つの心（魂）」に由来）は、フランス語でも「全員一致の、満場一致の」という意味で用いられる。ジュール・ロマンはこれに「一体となった（集団の）魂の」という意味を付加し、「集団の一体魂」という名詞としても用いている。ユナニミスム unanimisme が活字として現れたのは、アンドレ・キュイズニエ（André Cuisenier）によれば、一九〇五年四月の Le Penseur 誌が最初であったという。

5　Gustave Le Bon: *Psychologie des Foules,* p.12（F. Alcan, 1912）

三　『神化提要』

集団が生む「神」

一

詩集『一体生活』によって一躍その名をとどろかせたジュール・ロマンは、それから二年後の一九一〇年（二十五才のとき）、『神化提要』（« Manuel de Déification »）[1] を世に問うた。十二折判、本文六十ページあまりの小さな書物である。表題からして、外見のかわいらしさに似合わぬ不敵なものを、この書は宿しているようだ。

ジュール・ロマン研究者マドレーヌ・ベリは、『神化提要』について「この小さな書物は、ロマン研究者なら誰もが知る必要があるが、一度も再版されなかった。著者の意志によって（だと、少なくともわたしは推測するが）入手不可能となった。いささか呪術的すぎるその調子にもかかわらず、後に続く作品の理解にはやはり貴重である」[2] と述べている。再版されなかった理由については、おそらくベリの推測どおりだと思われる。事実、ロマン自身、その自伝風回想録において次のように語っている。[3]

『神化提要』に関しては、二種類の読者にしか読むことを勧めたくない。ほとんど宗教的とも言える段階での戦闘的ユナニミスムの表現形式に関心を寄せる読者、文体の形成を研究したいと思われる読者、である。というのも、『神化提要』が理性的な人間を苛立たせるような想念を表明しているとしても、その文体は力強く簡潔で、その点は自分でもずっと評価してきたからだ。文体についての自己評価はともかく、「宗教的ともいえる段階での戦闘的ユナニミスムの表現形式」の故に、特にその方面に関心のある読者は別として、一般には読んでもらいたくないかのようだ。しかし、入手不可能と言われたこの書を、セーヌ河岸のブキニストで運良く入手した私としては、この書について何かを言う義務があるだろう。

『神化提要』は「若気の過ち」であったのか。自らの生み出した数多くの作品を顧み、その全体像を眺めるとき、それは必ずしもみばがよいとはいえない一種の突起としてロマンの目に映るのだろうか。しかし、ラクダがそのコブによってラクダであるように、その突起は、ユナニミストたるロマンを理解するうえで不可欠ではないか、と私には思えるのである。『神化提要』の「宗教性」「戦闘性」は、「理性的な人間を苛立たせるような想念」とともに、そしてまたベリの指摘する「呪術的なトーン」とともに、まさにユナニミスム固有の性質であったはずだ。それがこの書において最もラジカルに表われているとしても、そうした性質は、濃淡の差こそあれユナニミスト＝ロマンの作品群——とりわけ初期の詩や散文——を特徴づけているのである。

とはいえ、さきほどのロマンの言葉は、無論、ユナニミスムそのものを否定するものではない。要は、『神化提要』によってユナニミスムが、ひいてはロマンという作家の総体が評価されることへの危惧を示しているのであろう。『神化提要』に顕著な性質が決してユナニミスムの本質ではない、と言っているのだと考えられる。だが、そうだとすれば、何が本質なのであろうか。ユナニミスムから「宗教性」や「戦闘性」を切り捨てたあとに残るものは何であるのか。この問に答えるためには、厳密に言えばジュール・ロマンの全作品のなかに『神化提要』を位置づけて考察する必要があるだろうが、さしあたり、ここでは『神化提要』自体に即してロマンが「何を」「いかに」また「何のために」神化・神格化（déifier）しようとするのかを探ってみようと思う。後のロマンからみればユナニミスムの捨象すべき部分、突起の部分に照明をあてることになるが、私にはその突起こそユナニミスムの本質の在り処を示していると思えるからである。

二

『神化提要』は全部で百二十四の文章から成っている。短いものではほんの一行、長くてもせいぜい二十行あまりの文章である。それぞれが一応は独立した文章としての体裁をとっているが、内容的には、むしろ小刻みに分けるのが不自然に思えるほど、前後の関連が強く感じられるところが多い。とはいえ、おそらくロマンは、読者がひとつの文章から次の文章へと急いで読み進めることを好まなかったのであろう。ひとつひとつの文章が十分な時間をかけて味読されることを願ったにちがいない。

読者に語りかけるロマンの口調は、概して、親密そのものである。時には耳元でささやくように、時にはまるでひとり言のように、またある時は声を荒げて叱咤するかのように語りかけている。文体上のきわだった特徴としては「命令法」や「命令を表す単純未来」の多用があげられる。性急さを恐れずに言えば、こうした語り口は『神化提要』の持つある種の宗教性、ユナニミスト＝ジュール・ロマンの教祖的な一面を如実に示していると言えないだろうか。

真理？　おまえたちの間近にありすぎて見えないのだ。
目を閉じよ。瞼で感じ取れ。(7)

冒頭の言葉である。「真理」とは、ここでは真なるものの根源としての「神」に近い意味を担っているものと思われる。ロマンは、読者が「真理」を探し求めていること、すなわち、「真理」を喪失したにせよ最初から持っていなかったにせよ、いまだにそれを見い出せないでいることを前提にしているのである。そしてロマン自身は「真理」の何であるかも、どこにあるかも知っているかのようだ。彼は「真理はおまえたちの家のなかにある」(7) と保証し、「今夜はそれを見つけ出すまでは外出してはならない」(8) という。もっとも、家のなかならどこでも「真理」が見つかるわけではない。「家が、祈りに対して冷たく敵意を抱いているとさえみえるかもしれない」からである。

時間をかけて探すのだ。時におまえたちを身震いさせる部屋や廊下の隅があるだろう。遠くのピアノや機関車の汽笛が聞こえて、もう疑いようもなくなる場所が。

家のなかの人間は外部世界から遮断されている。しかし、外部との接触を促すかのように外から様々な物音が聞こえてくる場所が、家のなかにもあるはずだ。

どんな身体の姿勢でも真理を知るにふさわしいわけではない。姿勢によっては我らの生は周囲に対して立てこもり、身を閉じてしまう。どんな姿勢をとれば孤独を感じないか、それを探せ。

(9)

「朝は、まず、町全体を思え。それから、おまえの心をときめかせる街や、仕事場へ向かう途中の街を思え」「夜は我らの身体は、チェロの共鳴胴よりも、振動に従順だ。この時を逃さず、おまえは大きな波動の通り路に身を置かねばならない。寝床に入るまえに、しばらく何もせずランプのそばにいるのだ。おまえの心がしずかに高ぶるままにしておけ。そしておまえの生がその境界から溢れ出るのを妨げるな。」(10–11)

まず「真理」の存在を保証したあと、我々の最初の務めが「真理を予感し、その通り道に身を置き、それにぶつかることだ」とし、「それから神々のことに気を配れ」という。

最初の神々を、おまえは発見すると同時にこれらを出現させねばならない。こうして話している今も神々は存在するが、まだ未来のものとして、満たされないまま存在している。おまえの周りのあらゆるものは神々で一杯だ。それが火花となってほとばしるために、おまえが手を貸すのを待っているのだ。(13)

街角に人だかりが生まれつつあるのを見たら、それに歩み寄り、おまえの身体を差し出せ。人だかりは力を増し、他の人々もやって来るだろう。たとえ仕事や食事が待っていようと、時間を惜しんではならない。おまえは集団の時間を手に入れるだろう。

人だかりに足を止めろ。まずはその周辺に加われ。中心の力がおまえたちに働きかけるがままにせよ。そっと集まりの中に入り込み、なぜ人だかりができたのか人々にたずねて知るがいい。そこで、集団を生かす言葉を発せよ。そうだ!そうだ!と同意を増し、怒りや哀れみを掻き立てろ。そして集団を思え。(15-16)

「そして集団を思え」という言葉は、ロマンの命じる集団への参加が単なる野次馬的な好奇心にかられてのものではないことを示している。人々の足をとめ、集団を構成している「中心の力」がある。束の間であれ人々はその力に支配される。個々の人間の魂が、少くともこの時は、自己の外にある対象に向けられている。こうして、それぞれの人間から外へ出た魂は、凝集し、溶け合い、一つの大きな魂となって人々を包みこむ。こうした集団の魂――「ユナニム」(l'unanime)――を実感し、これを認識することがユナニミスムの要諦なのである。

時には集団を無気力から引きずり出せ。無理強いでもいい。活気のない通りを選べ。ひとり大声で話せ。晴天のなか雨傘をさせ。人々は笑うだろう、ののしるだろう、子供らが追いかけてくるだろう。通りは誰か、つまりおまえのことを、強く思うだろう。集会に参加して弁士の話に耳を傾けろ、そして突然、会場をもっと存在させるような叫びを上げろ。(17-18)

このように、集団を活性化させよとのロマンの命令はしばしば滑稽なほど強引である。

こうしておまえは粗野な集団を神化させるのだ。砦に旗を立てるように、集団の真ん中におまえの魂を突き立てるのだ。(18)

個々の人間たちの堅い殻からその魂を引きずり出し、ユナニムを顕在化させること。集団を単なる「人びとの集まり」ではなく、集団の魂に浸る生き生きとした存在に変貌させること。これがロマンのいう「神化」(déification) である。

集団に近づくたびに、集団に加わるたびに「どうすればこれを神にすることができるか」を考えよ。言葉を選び、好機を窺え。(25)

こうした「神化」の要領を会得したら、今度は「より完全な神々の創造を始めよ」と説くのである。ただし、それには他の人びとの協力が必要だ、という。

おまえたちは一つの部屋に集まる。部屋が貧しければそれに越したことはない。真ん中にランプを置く。雑多な物より一つの明かりがあればいいので、炎の周りは曇りガラスがいい。車座に腰掛け、皆が望めば煙草を吸うもよし、飲むもよし。一人で、もしくは幾人もで祈りを唱える。そして、おまえたちの集団を世に送り出すのだ。

おまえたちのなかには一人ぐらい気の利いた者がいて、必要な言葉を発するだろう。(19–20)

ここには、一九一三年に出版され評判となった小説『仲間』[4]のいくつかの場面を彷彿させるものがある。親しい仲間同士の打ち解けた雰囲気があれば、なるほどロマンの神々はいっそう自然に、楽々と、しかも完全な姿で生まれそうである。

さて、こうみてくると、ロマンのいう「ユナニム＝神」とは、いわゆる「一体感」や「集団的感情」を指しているものと思われる。我々の日常の経験に照らして、それ以外に解釈のしようがない。だがそれにしても疑問は残る。なぜ「神」なのか、何のために一体感や集団的感情を「神」と呼ばなければならないのか。

三

ロマンが「神々」の創造を勧めるのは、単に創造者——グループを神化させることに成功したひとりの人間——を満足させるためではない。ロマンは次のように予言する。

集団のすべての者が、同時に、そして魂のすべてを込めて、自分たちの集団が存在していると思う日、新しい時が始まるだろう。(23)

その予言が成就するためには、「グループに向かって言うべき言葉を慎重に吟味しなければならない」という。「グループの未来の魂はすべておまえの発する言葉にかかっている」からである。だが、この仕事はもとより至難の業だ。「集団を神化させること」と「その集団の一人一人に、神化された集団を自覚させること」、これはほとんど二律背反である。下手をすれば「神々」の自殺行為になりかねないほどの、きわどい綱渡りである。

小さな部屋があるとしよう。友人らが煙草を吸い、茶を飲みながら語らっている。待つのだ、喋ってはいけない。すべての神々に頼んでおまえの勇気を支えてもらえ。一時間、二時間、待つのだ。集団が成熟した時、そして、おまえの魂が抗いがたい神聖さに満ち溢れた時、座の沈黙を利して言うがいい。「いったい何だろう、こうして壁の中にいる僕らは？」また黙るがいい。皆の顔が不意をつかれ、皆がおまえを見つめる時、こう言うのだ。「僕らは誰かだと、思う。誰なのか知りたいものだ」、と。訊かれたら皆に言えばいい、誰かが存在している、と。その誰かのことを思うよう、皆に頼むのだ。笑われたら、唇を噛むだろう。だが、時すでに遅しだ。（20–21）

これは『神化提要』のなかで最もすぐれた文章の一つだと私は思う。この一節は「神化」の試みを、またそれが失敗に終わるであろうことをも、見事に表現している。

集団がユナニムを生むとき、少くとも、ユナニムそのものに目を向ける者だけはユナニムの外に立たざるを得ない。熱狂する群衆のなかにあって、熱狂そのものを観察する人間はもはや群衆の熱狂に参加しているとはいえないであろう。事実、この一節において「おまえ」なる人間は、集団がユナニムへと熟成する過程にほとんど何の関与もしていないことがわかる。冷静な観察者の言葉は、「神」の存在を認識させようとする意図とは裏腹に、「神」を解体してしまう危険を冒すことになる。危険を承知しながらも、ロマンは決して諦めることを許さない。それどころか、彼の言葉はますます教祖的な色彩を濃くしてゆく。

おまえたち！　神になりたければ、最初うまくいかなければ、何かお守りを使え。はじめは皆でそれを崇めるのだ。機が熟したと感じた時、お守りを取り除け。そこには、おまえたちが成っているであろう神の、青い炎が見えるだろう。（22-23）

ここには日常的な経験のレベルからの飛躍がある。その意味でもこれは、まさしく一つの信仰と言ってよい。そもそもロマンが、一体感であれ、集団的感情であれ、それを「神」と名づけた時、すでに彼は一つの新しい宗教を目指していたのである。


　共通の信仰を持つおまえたちと私だが、互いに知り合おうとしないでおこう。だが今すぐ我々は同じ神々のために共に働かねばならない。（中略）礼拝の館を建てる時は未だ来ていない。壁を注文することは未だ出来まい。それに、空席が多すぎるだろう。記念碑は、貝殻のような群集のまわりに生まれねばならないのだ。人々は、さながら別れの時のように見つめ合うだろう。ある者は、つい笑い出してしまうだろう。

　時が近づけば、石と大工と石工を探そう。（37-38）

群集の一人一人は貝殻のように自己を閉ざしたままだ。この殻をこじ開けるだけでも大変だ。いずれ多くの人々が自己の殻から外へ出たとき、礼拝の館を作り始めよう。

ただし、ロマンのめざす宗教は、人間を越えた絶対者を神とする宗教ではない。ロマンの神は「人間たちを造った神」ではなく、「人間たちが造る神」なのである。


　我らは我らより若い神しか愛せない。

我らを造った神ではなく、我らが造る神をしか。

我らの父ではなく、我らの息子なる神をしか。（50–51）

ロマンが、キリスト教の神に代わるものとして、自らの神を対置していることは明らかである。キリスト教のみならず、あらゆる既成の宗教に代わるものとして。既に見たとおり、新しい神への願望はロマン自身の信仰上の躓きに起因している。また、ロマンは自身のみならず人類があまねく神（既成の）を喪失し、混沌の時代を苦しみながら生きていると考えた。『神化提要』の序はそのことを端的に示している。

人々は仕事から戻る。頭を垂れ、肩は重く。毎夜、昨夜と同様、悲しいのだ。
ある者は裕福だが、退屈している。
ある者は貧しく、つらくてたまらない。女も服も食事も欲しい。
ある者はいつもの苦悩に付きまとわれ、徐々に狂っていく。
ある者はもはや欲望もなく、怠惰にも自らを殺める。
そんな人たち皆に、いや他の人たちにも、そして一人一人に
わたしは語りかける。（5–6）

四

ジュール・ロマンは、一九二五年、北欧の知識人たちに招かれてユナニミスムに関する講演をおこなった。

そのなかで、ユナニミスムが単なる文学流派の一つになってしまっていることを嘆いている。彼にとってユナニミスムは、合理主義やロマン主義と並び立つような、人類普遍の思考や感性のパラダイムなのである。少なくとも、いずれはそうなることを予言し、期待している。大風呂敷、大言壮語と批判することは容易である。しかし、彼が青少年期において宗教につまずき、自意識の苦渋を味わったことを思いだそう。自我からの解放を願った果てに、あたかも救い主のように彼を訪れた啓示を額面通りに受け容れよう。そうすれば、この光明を世界に広めよう、布教活動を作家としての存在理由にしようと考えたことも頷けるのではないか。

この講演のなかで、彼はユナニムを古代に存在した「心的連続（continu psychique）」の観念であると説き、このような観念が一般の人びとに受容され難い理由として「心的な孤立が個人にとっては最高の誘惑であること」をあげ、「その誘惑こそ、あらゆる悪の源泉である」と述べている。「悪」は「病」と同義である。自己を含めて人類を「悪＝病」から解放するために、創作活動において、個人主義的文学に反旗を掲げ、ちっぽけな個人の魂ではなく、集団の、社会の魂をこそ描くべきだと唱えた背景にはジュール・ロマンの信念があったはずだ。『神化提要』におけるドグマチックな口調や語彙は、あえて言えば、確信犯的な行為であったと思われる。

講演のなかでジュール・ロマンは、さらにこう述べている。ユナニミスムの感受性を獲得するには、その精神に貫かれた詩や小説を読むに越したことはないが、感覚上の事柄に関していかなる実例を前にしても反応を示さない人が、その感覚についての抽象的な知識を土台にした熟考の末に、その感覚をいわば再発見することもあり得るとし、ユナニミスムを、あえて抽象的・客観的に説明するならとして、次のように述べている。

「ユナニミスム」には二つの公理（何なら信仰箇条といってもよい）がある。[5]

〔一〕「ユナニム」の存在を信じる。ユナニムとは、ある精神的実在である。
（ユナニムの公理）

〔二〕個々の人間の魂は、直観によって直接「ユナニム」と合体できる。
（直観的認識の公理）

新興宗教の教義として、解せないわけではない。しかし彼はユナニミスムの教祖としての立場を守り抜くことはなかった。

晩年、ジュール・ロマンはドグマ的な語彙や教祖的な表現には誰よりも自分自身が苛立ちを覚える、と述懐している。『神化提要』が入手不可能になった理由に関しては、分かる気がする。

【注】

初出は、「ジュール・ロマンの『神化提要』」（独仏文学語学研究XI、論攷、第五十二号、関西学院大学、一九八二年）

なお、（ ）内の数字は引用箇所のページ数を示す。

1 テクストには、Jules Romains : *Manuel de Déification.*（Sansot, 1910）を用いた。

2 Madeleine Berry : *Jules Romains*, p.20（Editions Universitaires, 1959）
入手不可能となったこの書が、Supplément au N° 55-56 du Bulletin des Amis de Jules Romains, Automne 1990 に翻刻再刊されたことを付記しておく。

3 Jules Romains : *Ai-je fait ce que j'ai voulu?* p.49（Wesmael-Charlier, 1964）

4 Jules Romains : *Les Copains.*（Nouvelle Revue Française, 1922）

5 Jules Romains : *Petite introduction à l'unanimisme*, p.162（Problèmes d'Aujourd'hui, Kra, 1931）

四　『蘇った町』

プチ実験小説――町に神がやってくる

一

二十七巻におよぶ長編小説『善意の人々』（Les Hommes de bonne volonté, 1932-1946）の第一巻を書き始めたとき、ジュール・ロマンはすでに四十代のなかばに達していた。詩集『一体生活』から、二十年余りの歳月を経ていることになる。その間、『或る男の死』、『仲間』、『プシケ』などの小説、『クノック』をはじめとする一連の戯曲、さらには詩集と、矢つぎばやに作品を世に問い、『善意の人々』の筆をおこす頃には作家として円熟しきっていたといっても過言ではない。もっとも、この大作を手がけるについてはジュール・ロマン自身、その円熟を期していたのである。序文にこう書かれている。

> この大作を書こうと最初に思い立ったのがいつかと考えてみれば、ほとんど私の文壇デビュー当時にまでさかのぼる。『一体生活』を書いていた頃からすでに、遅かれ早かれ、壮大な散文作品に取りかからねばなるまいと感じていた。現代の世界像を、変化と多様性において、細部と生成において表現するような作品である。『一体生活』が、全体的に、この世界像についての興奮を早々と歌ってはいたのだが。[1]

そして『善意の人々』以前の作品は、いわばこの大作に着手するための小手調べ、習作であったと述べている。本稿では、その習作の一つ、『蘇った町』[2]について考察を加えながら、「ユナニミスム」についても理解を深めたいと思う。

二

小説としては処女作にあたる『蘇った町』は一九〇五年から一九〇六年にかけて書かれた。初版は一九〇六年、ジュール・ロマンがパリ高等師範学校へ入学した年に、メサン社（Messein）から出ている。この初版本には「『一体生活』のコント」（Conte de la Vie unanime）という副題が添えられ、序文がつけられていた。ところが、一九二〇年NRFから出された第二版では、序文は削除され、副題も unanime の語が消えて「小さな伝説」（Petite légende）となっている。この序文がどのような内容のものであったか、この小論を書いていた当時は残念ながら不明であった。そこで、私なりの推測をまじえて次のような文章を書いた。

晩年ジュール・ロマンが語ったところによると、とりわけ当時の初版本の序文には「ユナニミスム」のドグマ的な傾向が、のちにその作者自身をも苛だたせるほど色濃く打ちだされていたことが伺える。[3] 一九〇三年のいわゆる「アムステルダム街の啓示」から一九一〇年代にかけて、「ユナニミスム」はジュール・ロマンのなかで次第に熱をおびていったのであるが、こうした昂揚の時期に、客気も手伝ってドグマチックな序文が書かれたとしても無理からぬことであろう。

ところが、最近（迂闊なことに何年前か忘れてしまった）初版本の邦訳書を手にいれることが出来た。昭和九年建設社から発行されたもので訳者は山内義雄氏、『新しき町』[4] という邦訳名である。副題は（一體生活の記録）となっている。序文を読むと、『一体生活』や『神化提要』に見られるようなドグマ的な言葉は見あたらない。そこには、以後ジュール・ロマン独特のものとなる小説論の骨子が、やや挑戦的な口調で読者に語られている。個人を中心にした従来の小説様式を打破し、主人公のいない、というより、町が主人公となるような新しい手法で書かれたものであることをあらかじめ読者に断っておく、という主旨の序文である。

この程度の序文がなぜ削除されたのか、その詮索はともかくとして、『蘇った町』は、その斬新な技法によって、短編ながら注目に値する作品であると思われる。ミシェル・レーモンも、『大革命以後の小説』のなかで、その新しさを次のような言葉で語っている。

小説の伝統的な様式をくつがえす、幾つかの例外的な試みにも正当な評価を与える必要があろう。すなわち、ジュール・ロマンの試みである。『蘇った町』や『或る男の死』において、筋や人物に関する慣習を放棄するもので、新しい小説構造が採用され、語りは同時的な場面の連続によって織りなされている。[5]

形式上の新機軸は内容の面での新しさも予想させるが、はたしてジュール・ロマンは新しい皮袋にいかなる酒を詰めたのであろうか。とりあえず、作品のあらすじを次に紹介しておこう。

三

ひとりの若者が、パリから、小さな田舎町に郵便局員として赴任する。これという特色のない、平凡な男である。若者を迎え入れた町も負けず劣らず平凡で、強いて特徴をあげれば、余りに活気の乏し過ぎることぐらいか。若者は町に対して、町は若者に対して、互いに無関心な日が続く。

ある土曜日の昼さがり、若者はのんびりと食後の散歩を楽しむ。寛いだ気分に呼応するかのように、パリでの楽しい思い出がよみがえる。わけても、仲間たちと連れだって聴きに行った公開討論会のこと。[6]何か騒ぎが起こらないかと心待ちにしながら、興奮する大勢の聴衆といっしょに熱狂したこと。帰りには、みんな大声で歌ったり、弁士の真似をしてふざけたり、面白半分で公衆便所に革命的なスローガンを落書きしたものだ……。奇しくもそのとき目の前に、町の公衆便所があるではないか。若者はこの偶然にひとり浮かれ興じて、まだ耳に残っていた次のようなスローガンをその壁に書きつける。

「所有する者は労働する者を犠牲にして生きている。消費するだけのものを生産しない連中は社会の寄生虫だ。」(17)

落書のあとも若者は散歩を続ける。とある横丁を歩きながら、「外からは陽光が、内からは社会生活が温もりを与えている石壁や石畳に取り囲まれたとき」、若者は、ふと、自分がこの町の「内奥」に、「町の意味」の只中に足を踏み入れたことを識る。理屈では説明し難いが、いわば直観的認識によって、若者は町の本質に触れることになる。町に永く住んでいる人々にも見えないさまざまな現実が、手にとるように理解される。「ガス燈」や「菓子屋の店頭」や「刺繍をほどこしたカーテンが物憂げに垂れている窓」をみて、それらの事物を相互に深く結びつけている「内的な関係」さえ感じとる。

と同時に、それまでの町への無関心は、一転して、町に対する憤りへと変わる。町がその機能を果していないことに若者の心は苛立つのである。みずからは何ら生産的な活動をするでもなく、周囲の貧農から作物を吸上げてもっぱら惰眠を貪っているこの町は、まさしく、「社会の寄生虫」以外の何者でもない。といって、若者の力で何ができよう。町を蘇らせるために一軒ずつ家をまわって町じゅうの人々を説得するとしたら……それこそ百年もかかるだろう。

若者が何気なく書いた公衆便所の落書は、しかし、早くもその日の夕方から町のあちらこちらで思いもかけぬ反響をよぶことになる。

小金をためて早ばやと楽隠居をきめこんでいた男は、もっと年をとった人たちが生活のために苦労して働いていることを想って、何か仕事をしなければ済まないような気になる。ある年金生活者は、自分が「社会の寄生虫」ではないかと深刻に考え始める。政治や社会の問題にはとうの昔に関心をなくしていた筈の男が、突如として仲間に議論をふっかける。雑貨屋のあるじは、怠け者の息子をいつになく厳しく叱りつけたあげく、「みずからのパンを稼げ」という標語を店のモットーにすることを思いつく……等々といった具合である。

その後の成り行きは作品の表題から察せられるとおりで、詳しく紹介するまでもない。取るにも足らぬ落書が投じた一石の波紋は、日がたつにつれ、その輪をひろげてゆく。いくつもの渓流が集まって大河となるように、はじめは個々ばらばらな心の動きにしか過ぎなかったものが、次第に町全体の意識へと高まってゆく。こうして一年の後には、無気力に沈滞していた町は相貌を一変し、溢れる生命力とともにさまざまな苦悩をもかかえた「町」として、まさしく蘇るのである。

四

さて、『蘇った町』を読んでいくつか奇異な印象を受ける。初版本の序文やミシェル・レーモンの指摘のあとでは、後出しじゃんけんのようで気が引けるが、伝統的な小説に慣れ親しんだ者にとって、いわゆる主人公がいないというのはやはり奇妙な印象を受ける。私の拙いあらすじでは、あるいは若者がそれらしい人物だと受けとられる恐れもあるが、そうではない。若者は、その凡庸さ以外には性格について描かれることもなく、しかも、町に対する義憤を感じたのちは忽然と舞台から姿を消してしまうのである。作者もまた、この若者が英雄視されないように心をくばっている。

考えというのは、道を進むのに必ずしも偉大な魂に乗ることを必要としない。ほんのちっぽけな乗り物だって用いるのだ。疫病を広めるのに一匹のハエがいれば十分だ。(16)

なるほど若者の何気ない落書が町を蘇らせる契機にはなった。だが、「疫病を広めるのに一匹のハエがいれば十分だ」。若者をその一匹のハエになぞらえることによって、『蘇った町』における彼個人の役割など全く重要ではない、というわけだ。若者が最後まで匿名であることもまた、見落としてはならない点であろう。彼は常に「若者」(le jeune homme)、「新しく来た住人」(le nouvel habitant)、

「よそ者」(l'étranger)、などで呼ばれ、固有名詞は注意深く避けられている。

その他の登場人物についても(この作品は、短篇にしては実に多くの人物が出てくる)、作者は意図的に彼らを匿名化しているように思われる。かりに固有名詞が現われることがあっても、それはすべて会話の場面における「よびかけ」に限られており、「おまえ」「あなた」というほどの意味しか持っていない。そして、会話のあとの地の文では再び普通名詞に置き換えられることになる。

では、こうした「主人公の不在」、「人物の匿名性」によってジュール・ロマンは何を意図したのか。これに対する解答は、作品全体の構成に目を転じてみれば自ずと明らかになるであろう。というのは構成の面においても、作者の狙いが同じ標的に向けられているように思えるからである。

この作品は全部で四章にわかれている。第一章は「町と若者の出会い」から「公衆便所への落書」に到るまで。この部分は内容的にはきわめて重要な問題を含んでいるが、筋の運びとしては導入部である。以後、物語はさきにあげたミシェル・レーモンの指摘にもあるとおり、いくつもの場面の同時的な描写によって織り成されてゆくことになる。第二章では、「落書」の当日、それを読んで刺戟を受けた幾人かの人物が、それぞれの情況に応じて、あちこちで、ほぼ同時刻に示す珍妙な反応が六つ描かれている。石を投げ込まれた池の水面は四方に向けて同時に波動を開始するが、この章はいわばその第一波である。第三章では、それに続く三日間に生じた七件の出来事が並列的に語られている。それら出来事の間には相互に直接何の関係もないが、いずれも「落書」を中心とする同心円の線上に連なっていることは言うまでもない。最後の第四章は、「落書」ののち四週間経ってから一年目までの叙述にあてられている。この間に「落書」のひき起こした波動はますます広まり、「落書」のことは知らない他の大勢の人々をも巻き込みながら遂に水面を覆い尽くし、やがて岸辺にまで達するのである。

こうしてみると、作者の視点はきわめて俯瞰的であり、「町」の沈滞から蘇生にいたる刻々の動きを、あくまで「町」の全貌を見渡しながら描こうとする構成上の意図が充分にうかがえる。これは、多かれ少なかれ特定の人物（個人）を中心に組み立てられてきた従来の小説構成とは全く異質のものである。さきほど述べた「主人公の不在」や「人物の匿名性」とも相まって、この構成は、いわば「個」の特殊性を切捨て、「特定の個人」よりも「不特定の多数」を、「個」よりも「全体」を捉えようとする作者ジュール・ロマンの企図を示すものだといえよう。

それにしても何故このような、一見奇抜とも思える技法を用いたのか。『蘇った町』がやがて『善意の人々』を生み出すための習作のひとつであったことは既に触れたが、その『善意の人々』の序文[7]のなかでジュール・ロマンは次のように語っている。

> さて、この二十五年間、私の仕事はすべてこうした問題をめぐって成されてきた。昔から常に抱いてきた関心の一つは、まさしく、「個人に集中した」ものの見方という習慣から如何に脱却するか、

その小説構成法を探求することだった。私の散文でのデビュー作『蘇った町』は、それのみを目指したものだった。[8]

こうして、『蘇った町』における技法が、単に奇抜さを狙ったものでないことは明らかである。「個人」ではなく「集団」を描くには、どのような手法に依ればよいのか。いかにして従来の個人中心的な物の見方から脱却するか。これらの問題をめぐる永年の模索の第一段階として、いわば実験的に書かれたのがこの『蘇った町』であると言えるだろう。公衆便所の落書が町を蘇らせるという設定はいかにも不自然ではあるが、それぞれ違った状況におかれた人間たちが何を契機に、また、いかなる仕方で連帯感を発揮するか、その結果、町というひとつの人間集団がどのような変革を遂げるかを示した一種の戯画としてこれをみれば、それなりの面白さも感じられる。

ところでこの作品の特色が、これまで述べてきたような外面的なことがらにとどまるものであるなら、それは単なる戯画に終わったであろうし、副題の示すような conte あるいは légende に過ぎなかったであろう。しかし、実はそうではなく、新しい小説技法を見出さずにはおかなかった作者の内的欲求ともいうべきものが、この作品のより本質的な特色を成しているのである。「個」を捨てて「全体」を描こうとする発想の原点にあるもの、すなわち「ユナニミスム」である。

この「ユナニミスム」という語は周知のとおりジュール・ロマンの造語であるが、彼自身その定義づけを拒んだだけあって、[9] 容易には把握しがたい一面を持っている。ただ、作品のなかで、それが表現上のさまざまな工夫となって反映していることは当然である。そこで、以下もう一度『蘇った町』をふりかえって、「ユナニミスム」が具体的にどのような表現をとってあらわれているかを見ながら、その一端なりとも探ってみたいと思う。

五

まず注目すべきことは、登場人物たちがそれぞれ個性ある人間としての鮮明な印象を与えないのに比べ、「町」そのものが、あたかもひとつの魂を持った生きもののように描かれている事実である。物語の冒頭の部分から少し引いてみよう。

　パリからの列車は夕方六時にこの小さな町に到着するのだった。町は普段この列車に何の関心も寄せていなかった。なぜって、列車など町の生活にきわめてわずかな影響しか持たなかったから。(9)

これという産業もなく、観光地でもないこの「町」にとって、大都会パリから来る汽車もさしたる関心の対象とはならない。ここではまだ、「町」はそこに住む人々を指すものと考えることができ、表現自体にも特に目新らしいものはない。だが少し後をみると、ジュール・ロマンの筆致はいささか風変わりな様相をおびてくる。

町は、その日、列車からいつもの印象しか受けなかった。下車したのは八人の男たちだけだ。七人はこの町の住民で、短い不在のあと、また自分たちの居場所と決まった仕事に戻ることになっていた。町はずっと昔から彼らについて抱いている意識を変えることも、彼らのせいで自らの考え全体を覆すこともないだろう。(10)

この一節に続いて、その日汽車から降りたった八人目の男——例の若者——が、決して「町」に対して事を構えるような大それた人物ではないと述べ、

だから町は、この若者を知らずにいることができた。(11)

とある。こうなると「町」は、単にその住民たちの総体を指すというよりも、何かしらそれ以上の意味を持っているように思われる。ここでいう「町の意識」という表現は、住民たちの意識や心情の平

均的傾向のことをいっているわけではなかろう。平均値というのは単なる目安に過ぎず、現実には存在しないものである。ところがジュール・ロマンがここで「町」に与えようとしているのは、あくまで現実の生きた「意識」であるように思われる。そのことを裏書きする例を少し長くなるがもうひとつ挙げておこう。

都市は、往々にして、行きずりの人に自己を表現するのに一時間しかかからない。都市の住民の一人が、たとえ鋭い観察者であろうと、その都市について筋の通った観念を二十年たっても持てず、我ながら矛盾だらけで相容れない特徴をいくつか掘り下げるのが関の山なのに、一人の旅行者が駅を出てすぐ、町が自己を表す路を、町の魂の軸となる路を正しく選ぶこともあろう。必要な回り道をし、いくつかの四つ角で立ち止まるだろう。町の重心を見つけ、どこよりもその場に長く留まるだろう。誰も案内していない。誰にも彼をこんなふうに案内できないだろう。こうした成功は、本能か、幸運か、何か神秘的な恩恵によるものか。夜、再び車中の人となった旅行者は、この町についての本質的な考えを持っているだろう。町と同じぐらい、町について知っているだろう。世界で誰一人、町からこれほど完全な告白を受けたものはいないだろう。（18–19）

こうして表現された「町の意識（魂）」なるものについて、ジュール・ロマンは何ら説明らしい説明を行ってはいない。あたかもそれが現に存在し、それと個々の人間との出会いだけが問題であるかのような語り口である。「あらすじ」でも少し紹介したが、若者が「町」の意味を発見する描写で「それは一種の直観であり、言葉で詳しく説明するには大いに苦労するだろう」(20)とある。またジュール・ロマンはあるところで、「ユナニミスムは、理屈ではなく直観によって把握されるものだ」と述べている。[10] とすれば、どうやらこのあたりにユナニミスムについての一つのヒントがありそうだ。そこで次に、「町の意識(魂)」と「個人」とのかかわりということについて少しみてみたい。

六

日曜日、彼(若者)は教会に行かなかった。しかし、鐘の音が鳴ると行ってみたい気にもなった。すると、彼の身体の一体的な部分が、ミサへ向かう群集について行きそうな素振りを見せるのだった。(14)

日曜日になると、町の人々は教会へ出かける。自分は行かないのだけれども、鐘の音を聞くと、なんとなく皆といっしょに行きたいような気がする。その「なんとなく」という曖昧さを一刀両断するかのように、**la partie unanime**(一体的な部分)という直截的な表現を用いている。これはジュール・

ロマン独特のものである。もうひとつ似たような表現を抜き出してみよう。

例の「落書」以来すっかり形勢の悪くなってしまったある地主が、向かっ腹を立てて歩いていると、

その時、三人の菓子職人が近づいてきた。地主は直観的に感じた。町の精神的危機が彼を打ちのめし、あの連中を興奮させ、衰退気分から元気一杯にさせ、彼らの一体的な意識の取り分を滅法増やしたのだ。そして自分の取り分まで彼らに食われてしまったのだ、と。(54)

何か事が起こった場合などに幾人かの人間が共有する感覚として、いわゆる「一体感」というものがある。ただ、それを感得するのはそれぞれの個人である。ところがジュール・ロマンはその「一体感」を、各個人の感覚そのものではなく、個人からいわば独立したひとつの存在として捉えているように思われる。つまり、はじめに「一体的意識(la conscience unanime)」があって、各々の人間の意識はその分け前に与っているだけなのである。次にあげる一節はこのことを繰り返し証明してくれる。

落書のせいで町は密かな胎動を始めている。そんなある日、町の沈滞ぶりにこれまでになく不安を覚えた町長は、あれこれと町の開発計画を夢想しながら歩いている。

町長が散歩しながらこうした未来を想像しているとき、夢中になっていつもより早足で歩いて

いた。だが、彼はなぜ誰も最近まで、こうした行動への遅まきな反応を先に示したいという欲求を持たなかったのか、しつこく自問するのだった。これまで考えもしなかった欲求や野心や能力が自分に備わっていると思えたのだ。彼が不思議がるのももっともだった。こんなふうに豊かになったのは彼固有の性質などではなかった。彼が自分の中に宿していた集団的魂の部分が、他の人々の中に分散していたこの魂の残りと共に脱皮していたことが彼にはわからなかった。だから、自分で変身を遂げたのだという勝手な思いこみを持ち続けていたのだ。(62)

こうして「町」という人間集団は、そのなかの個人がそれを意識するしないにかかわらず、常に存在する一体感としての魂を賦与されることになる。もちろん、ここには多分に飛躍がある。町の人々はそれぞれ固有の意識を持って生活しているのであって、その段階では意識（conscience）や魂（âme）は「個」に属するものであり、他との相違を示す指標なのである。ところが、ここでは、その属性が「町」という集団に与えられることによって、各個人の間の相違は無条件に捨象され、「個の魂」は一挙に「集団の魂」へと昇華され、統一されてしまうのである。

この飛躍を自然なものと観るためには、ジュール・ロマンの言う「感受性に基づく体験[11]」が必要なのであろう。この飛躍の背景にはジュール・ロマンの夢、unanimeという語の用い方が端的に示す、他者あるいは外部世界との融合・合一への夢が込められていると思われる。

【注】

初出は「ジュール・ロマンの『蘇った町』について」（独仏文学語学研究Ⅱ、論攷、第二十四号、関西学院大学、一九七三年）

なお、（　）内の数字は引用箇所のページ数を示す。

1　Jules Romains : *Les Hommes de bonne volonté.* Nouv.éd. en 4 vol. tome 1, p.5（Flammarion, 1958）

2　テクストには Jules Romains : *Le Bourg régénéré.*（Nouvelle Revue Française, 1920）を使用した。

3　Jules Romains : *Ai-je fait ce que j'ai voulu?* pp.38-39（Wesmael Charlier, 1964）

4　山内義雄訳『新しき町（一體生活の記録）』（建設社、一九三四年）山内氏は、訳書六九頁で「原題によって『蘇生の町』と呼ぶべきであろうが、思うところあって『新しき町』の題を採った」と述べている。

5　Michel Raimond : *Le Roman depuis la Révolution,* pp.134-135（Armand Colin, 1969）

6　ロマンがこの作品を書いていた当時、激化しつつあった社会主義運動のことを想起させる。なお、ロマンはこの頃 Jean Jaurès の演説を聞いている。

7　この序文はいわば小説論の体裁を備えており、内外の小説に言及しながら自らの小説技法を見出す模索の過程を語っている。

8　*op. cit., Les Hommes de bonne volonté,* p. 9

9　Jules Romains : *Petite introduction à l'unanimisme.*（Problèmes d'Aujourd'hui, pp.149-154, Kra, 1931）

10　*ibid.*,p.159

11　*ibid.*,p.160

五　『或る男の死』における「死」

一

ジュール・ロマンは一九〇九年、哲学の教授資格を得ると直ちにブレスト高等学校（lycée de Brest）に赴任したが、翌年にはパリの北東百三十キロのラン高等学校（lycée de Laon）の哲学教師となった。このときはパリから汽車で通勤したそうで、評判となった小説『仲間』[1]は往復四時間の車中を利用して書かれたという。ところで、この底抜けに陽気な小説とほぼ時期を同じくして書かれ[2]たものに『或る男の死』（Mort de quelqu'un）と題する作品がある。これはロマンの小説作品としては『蘇った町』[3]に続く第二作にあたる。もっとも『蘇った町』は分量からみても、そのユーモラスな状況設定や軽妙な語り口からみても、小説というよりむしろコントと呼ぶにふさわしかった。[4]したがって、『或る男の死』はマドレーヌ・ベリの言うとおり[5]「最初のユナニミスト小説」といえるだろう。

或る男（ジャック・ゴダール）は、かつて急行列車の機関手だった。いまは退職年金を受けながらパリの安アパートで独り暮しをしている。妻に先立たれ、子供もいない彼にとって、身寄りといえば遠い田舎の年老いた両親だけだ。妻の墓参以外はめったに外出することもなかったゴダールは、ある日ふとパンテオンに上ることを思いついた。長年そこに住みながらパリをこのような高みから眺めるのは初めての体験だった。以前、機関手としてこの大都会を瞬時に走り抜けることに慣れていたゴダールには、パリの巨大さの実感は圧倒的でさえあった。さらに彼を驚嘆させたのは、無限の変化に富んだ建物や街路であり、それらの複雑に絡みあった景観から発する一種のエネルギーであった。彼はしかし、自分がそういうものの只中に生きているのを今の今まで気づかなかったことに、あたかも「お祭り」を見そびれたかのような寂しさを覚えるのだった。ゴダールが肋膜を患い、誰にも看取られずに息を引きとったのは、それから数日後のことだった。

老人の孤独な死という自然主義小説の結末めいた状況を、ロマンは冒頭に設定する。だが、この小説で語られるのは、死んだ男の回顧録でも、あとに残された両親の悲哀でもない。物語の進展を手短かに紹介しておこう。

アパートの管理人がゴダールの死を発見し、親許へ電報を打ち、アパートの住人たちに知らせる。日頃ほとんど交際もなかったが、住人たちは共同でゴダールに花環を贈ることにする。一方、報らせを受けたゴダールの父親が馬車や汽車を乗り継いではるばるパリまで出て来る。葬儀の後しばらくしてゴダールの母親が、ついで父親が死ぬ。やがて彼はあらゆる人々の記憶からも葬られようとする。そんなある日、ひとりの若者がふとゴダールの葬儀を思い出し、生や死について考え、自分もまたいつかは「死んだ或る男」になるだろうことを思う。

筋立てはいかにも単純だ。むしろプロットらしいものがないとさえ言える。だが、このことは決して作品自体の単純さや内容の平明さを意味するものではない。ロマン自身、後年この作品を評して「濃密で時に難解な」[6]と述べている。作者の評が私の印象――この小説を読んでいて私は絶えずある種の不透明さ、腹立たしくなるような不可解さを覚えねばならなかった――と符合するのか否かはおくとして、この「難解さ」については次のような推測が許されるであろう。

一九〇三年、いわゆる「アムステルダム街の啓示」（自己の魂が外界の魂と融合一体化し、自己がその一体魂の中心に位置するのを直観した、とされる。）を受けて以後、ロマンはこの「魂の合一」という体験を基盤とした「ユナニミスム」を提唱し始めた。『蘇った町』によってユナニミスムの散文作品における実験を試み、次いで一九〇八年、詩集『一体生活』（La Vie unanime）でその詩的側面を高らかに謳いあげた。そして一九一〇年、ユナニミスムの聖典とも言うべき『神化提要』（Manuel de Déification）が出版された。このわずか七十頁足らずの小冊子は、ある意味でユナニミスムの最もラジカルな面を反映していると言ってよい。神秘と独善に満ち、夢と現実、傲慢と謙虚が混り合い、幾つもの矛盾や飛躍をはらみながら「神を生じさせる法」が、また「みずから神となる法」が真面目とも冗談ともつかぬ口調で説かれているこの書は、若きロマンの意識のなかでユナニミスムへの思いが最高潮に達した時期の産物なのである。『或る男の死』の出版がその翌年であったことを考えると、『神化提要』における高ぶりがそのままこの小説に受け継がれたと推測することはそれほど不自然ではないだろう。

前置きが長くなったが、私が本稿で試みようとするのは、ロマンがこの作品において「死」をどのように扱っているかの検討である。[7] ユナニミスムの出発点が「自己と外界との精神的合一」の直観的体験であり、そのめざすところがやはり両者の間に新しい、しかも永続的な関係を打ちたてることであるとするなら、ユナニミスムはまた、自己の「死」についても何らかの独創的な見方を提起せずにはおかなかったはずである。

二

パンテオンの頂きからパリを眺めて、ゴダールは次のように述懐する。

わしはまるで外出もせんし遊びもせん。わしは存在せんのだ。(12)

「自分が存在していない」という思い。むろんここでは単なる孤独感の表明でしかないのだが、実はこの言葉は、作品を貫く主なテーマである「存在」についての重要な伏線をなしており、ぜひ記憶にとどめておきたいと思う。さて、やがてゴダールの視線は墓地（le Père-Lachaise）をとらえ、そこに眠る者たちと同様「わしは自由だ」と感じる。この「自由」が拘束からの解放というポジティブなそれでないことは、次の「誰がわしのことなど構ってくれよう。誰がわしみたいな哀れな男のことなど考えてくれよう。わしが死んだところで大して変わりはすまい」という、嘆息まじりの愚痴からみても明らかである。

ところで作者はゴダールという人間そのものについてはほとんど興味がないかのように決して多くを語ろうとはしないが、彼の「存在」というか、彼の「存在の仕方」には独特の関心を示している。

ジャック・ゴダールは己れ自身でつつましく存在していた。彼は他者によっては辛うじて存在しているに過ぎなかった。(15)

ロマンはこうしてゴダールの存在を「彼自身による自己の存在意識」と「他者の意識における彼の存在」とに分離してみせる。無論これはゴダールに対する作者の恣意的な視点の分離という問題に過ぎず、ゴダールの内面世界における深刻な自我分裂などといった話では毛頭ない。それにしてもゴダールの存在が殊更このように分離されたのは何故だろう。

ゴダールは「郷土の会」の会員だったが、その月例会にもあまり顔を出さなかった。だが彼のことがどこかのテーブルで話題になることもあった。彼の姿が、そんな時、話し声や煙草のけむりのなかにふっと浮び出るのだった。（中略）普段でも会員たちは互いに他の会員のことをしばしば思い出すことがあった。さながら夜の食卓に友の幻を招待するといったところだ。ゴダールはこうした思い出の施しを利用していた。いつも彼は独りぽつねんと自炊の夕食をとるのだが、何かしら彼の存在から発散するものが、どこか遠くの一家団らんの上に鬼火のごとく現われ、一瞬の輝きを残して消え失せるのだった。（15–16）

ロマンはふたつに分離したゴダールのうち、明らかに「他者の意識における彼の存在」の方に力点をおこうとしている。他者という、おそらくは凹凸もあり曇りもあるだろう鏡に映る虚像の方をこそ重視している。だがこの虚像はゴダールという人間について読者に何も示してはくれないのだ。では彼の唯一の身寄りである田舎の両親において、彼はどのように存在しているのか。

ゴダールはまた、違った顔で、ヴレーの山岳地帯に囲まれた谷の斜面に存在していた。[8]（中略）ジャックは、そこでは、目には見えなかったがとても愛されていた。そこでの彼はより若く、より生れた頃に近かった。（中略）彼は方言で存在していた。彼が一層よく存在するのは手紙が届

いた時だった。そんなとき彼の存在はほとんど肉体を具えたものにまで立ち戻るのだった。(16-18)

なるほどゴダールはここにおいて最も色濃く存在しているらしい。両親の日々の生活はその大半がゴダールの幼い日の思い出に占められているようだ。しかし、それにもかかわらずこの「存在」はゴダールについて、やはり何ひとつ読者に語りかけはしない。作者は、ゴダールが何を考え何を自己の存在に見出しているか、要するにゴダール個人の生に目を向けるのではなく、「或る男」に過ぎないゴダールが周囲の他者に与える存在感の濃淡を浮彫りにしようとしているのだ。

少し脇道にそれるかもしれないが、存在感に関連して、この作品に対する私の印象のひとつを述べておきたい。それは、ひとことで言えば、作品の全体を通じて人間の存在感が希薄だということだ。むろん私は、虚構の人物を現存する人間と同列に置いて考えているわけではない。ただ、文学作品には、いかなる時代のものであれ、時として現実の人間をはるかに上まわる存在感をもって読者に迫ってくる、そういう人物が存在することもまた事実なのだ。ところがこの小説において、私は人間の存在を感じることが出来ないばかりか、むしろ作中の人物に人間的な関心を持つことを拒まれているようにさえ思える。作中人物に対して私は共鳴も反撥もいわば禁じられていると言ってよい。

とはいえ、これしきのことに驚くのは、ロマンの作品についての根本的な無知をさらけ出すことでしかないのかもしれない。というのも、散文詩風のエッセイ『パリの力』(Puissances de Paris, 1911)の結びでロマンはこのように語っているのだ。「個々の人間たちはこの書物をどう思うだろう。個人がこれに感動することも、この書に個人の宗教を見出すことも私は期待しない。この書は個人のためのものではない。私はグループを、私がその肉体であるグループを相手にしているのだ。個々の人間たちの頭越しに、私はグループに話しかけるのだ」[9]。この種の烈しさは、たとえ後にロマン自身がそれに苛立ちを覚えることになろうとも[10]、まさにユナニミスム特有の烈しさであった。個人としての読者に対する断固たる拒絶の姿勢は、こうして『或る男の死』にも保持されているようだ。生身の読者と虚構の存在との内面的な交流は、作者によって意図的に避けられているとみて差支えない。「人間の存在感の希薄さ」という私の印象は、こう言ってよければ、まさにそうあるようにとロマンが仕組んだところの結果なのであろう。

したがって、話を元へ戻すと、「他者の意識におけるゴダールの存在」という作者の視点は、存在感の希薄さという読者の印象を想定したものであり、読者がそれによって覚える一種得体の知れない不快感を増幅器として、この視点の持つ意味合いはいっそう助長されてくるように思われるのだ。この「存在」は、ゴダールに端を発しながら、しかもゴダール自身からほとんど独立したものである。たとえてみれば、ゴダールが同時に上げる幾つかの凧だ。ゴダールと目に見えない糸で結ばれたこれらの凧は、ある種のオトノミーをもって空間を漂う、ゴダールにまつわる想念群なのだ。

では、ゴダールのこうした「存在」は、ゴダールの「死」といかなる関わりを持つであろうか。

三

以下に示すのはゴダールの死の場面の描写である。

すると彼の精神（esprit）は解体し、分散し、積み上げた小銭の山を崩したように、肉体の隅々にまで転がっていった。まだ彼の頭のなかに取り残されていた精神は、最初さほど驚きもせず、諦めた様子だった。やがて魂（âme）の中央部が激しく揺れ動き、すべてをかき集めんと努めた。相矛盾するふたつの力が存在を引き裂いていた。押合いへし合い、ぶつかり合う両者のせめぎ合いに火花が散った。

心臓は鼓動をとめた。

ゴダールは、はっきりとこう考えた、「わしは死んだ。いやはや、これからどこへ行くのだろう」。魂がもう一度こなごなに砕けてゆくのが自分でわかった。ついで彼は全く新しい感覚を経験した。彼のなかのあるもの（une chose）、これまで彼の生を結わえてぎゅっと束ねるだけの働きしかしてこなかったあるもの、弾力のあるひとつの塊、ひとつの形、螺旋状のひとつのもののが、緩み、広がり、遠ざかり、解き放たれた震動で空間を覆ってゆくのだった。

やがて彼はもはや自分が死んでしまったこともわからなかった。(22-23)(傍点筆者)

不可解といえばまことに不可解な描写ではある。だが、これを不可解と断定してしまうのは性急に過ぎるかもしれない。何故なら、生きている人間にとっては「死」そのものが不可解だからだ。未知の領域において作家がどのような実験を試みようと、その当否に関して異議を申立てることは誰にもできない。ただ、ロマンが「死」をどう扱っているか、それを検討することが私の当面の課題である限り、この奇妙な死の描写にも少しは立入ってゆかねばならないだろう。

確かにロマンは、彼独特の仕方でではあるが、「魂」とか「精神」とか、いわゆる「霊的なもの」の実在を信じていたと思われる[11]。そしてその「霊的な実在」こそ、まさにユナニミスムの根幹であり、それなくしてはユナニミスムも単なる蜃気楼と化さざるを得ないほどのものなのだ。その意味で、ゴダールの死の描写においてとりわけ重要だと思えるのは、「ゴダールの死」から脱出する「あるもの」(une chose)であろう。文脈から察してそれがおそらく「魂」、もしくはそれに近いものを意味していることは見当がつく。だが作者はあえてそのような既成の語で命名するのを避け、「あるもの」という漠然としてはいるが、そのなかに一切の未知なるポテンシャリティーを含み得る表現を用いている。ここで詳しく触れる余裕はないが、ロマンにとって「魂」とは、死者にまつわりついて黄泉へ下り、そこで永遠に生きながらえるというものではない。かと言って、死者との不気味なアイデンティティーを保ちながらこの世に存続するというものでもない。
さて、この「あるもの」の行方を追うのは後まわしにして、ここで作者の視線が「他者におけるゴダールの存在」から「他者におけるゴダールの死」へと転じてゆくのをみることにしたい。ゴダールの死を発見したアパートの管理人は、死体を眺めながら考える。

この男は死んでいる。本当にすっかり死んでしまっている。もう何も考えはしないし、自分がもはや存在していないことさえ知らないでいる。（中略）確かに、彼はまだある仕方で存在している。消えてしまったわけではない。納棺され、墓地へ運ばれ、ゆっくり腐ってゆくだろう。それでも、この男の何かしらが残るだろう。何が変わったかといえば、この肉体が、その身に何が起ころうともはや何ひとつ感じないだろうということだ。(24)

地の文とも自由間接話法ともつかぬ文章が以下数ページにわたって続く。その文体は、いきなり人間の死に直面した男の感懐を表現するには乾き過ぎており、不自然なほど内省的でさえある。管理人という人物に、語り手ロマンが自己の内省をあまりに多く託し過ぎたためだろうか[12]。そういえば、直接話法のなかにも作者の内省的な影が濃厚だ。

「それにしても、もし私が誰にも何も言わなければ、もし私が電報を打たなければ、この男は自分と私にとってしか死んだことにならないのだ。他の者たちは、生きている人間のように、この男のことを想うわけだ。」

こうして管理人は、ゴダールがどこまで死んだのかわからなくなってしまった。(28)

死体を見つめる管理人においてさえ、「死」は確実なものから不確実なものへと傾斜してゆく。そしてこの傾斜は、息子の訃報に接した父・ゴダールにも同様に認められるのである。

「わしがもしあの電報を受取っていなかったら、(中略)これまでどおりわしにはパリに息子がいるだろうに。今度のことをわしがどうしても知らなきゃならんという法はなかったのだ。」

次第に電報は、彼にとってさほど重要でもなく、また、何ら必然性もないほんの偶発的な出来事、受け容れるも撥ねつけるも気ままにできる夢想のように思えてきた。(93)

他者の意識において「ゴダールの死」は確かなものである、と同時に不確かなものでもある。これは論理的な意味での二律背反というより、感覚上のアンビヴァランス(ambivalence)なのだ。確かなのは彼の肉体の死である。不確かなのは「他者の意識における彼の存在」の死である。言いかえれば、この不確かさは、ゴダールが生きていたときのあの「凧」が、はたしてゴダールの死とともに消え失せてしまうものだろうかという、読者への挑戦にも似たロマンの疑問符なのだ。無論、この疑問に対するユナニミスト＝ジュール・ロマンの答えは「否！」である。この否定の根拠を探るには、再びあの「あるもの」、ゴダールの死から抜け出して空間を震動させた「あるもの」の消息を知らねばならない。

四

管理人から話しを聞いたアパートの住人たちがゴダールの部屋へ集まってくる。それはちょっとしたグループだった。もはや何も意味しない死顔をグループはただ黙って眺めていた。初めて見る部屋の様子にも次第に慣れ親しんできた。壁紙の色あい、家具の配置、飾り棚の灰皿や花瓶、そうしたものの一切が、かつてここに暮らしていた男の生きざまを彷彿させた。

徐々にグループは引退した機関手の魂を見出していた。グループのすべてが元機関手の魂を持つのだった。幾人か一緒にいたにもかかわらず、めいめい孤独感を味わっていた。みんな同時にひとりぽっちの気がした。（中略）グループは次第に、かつてこの天井の下で、これらの調度品に囲まれて生きていた男に似かよってきた。（35–36）

共に死者と対面することを通じて、アパートの住人たちはひとつのグループを形成し始める。ところで、このグループという語はロマン固有の意味を担っている。この小説に限らず、いわゆる主人公のいない彼の作品群では、「グループ」が主人公なのだ。匿名の個人の集まり、しかも「個であることを放棄し、自己以外の対象に没入してゆく際の人間の集団、そうしたグループは、ロマンによれば、それ自体の生命を有するのである。ただ「個」が「個」であることから脱却してグループの生命を享受するためには何らかの契機を必要とする。いわばグループの「核」が不可欠となる。前作『蘇った町』では、ひとりの若者の落書きが「核」となって、沈滞した町を生気あふれる人間集団の町に蘇らせてみせた。しかしながら作者は、「疫病をひろめるには一匹のハエでこと足りる」[13]と言う。つまり集団の核となった若者をその一匹のハエになぞらえることによって、若者個人の役割に決して重要性を与えようとはしなかった。では、『或る男の死』についてはどうか、管理人が最初にゴダールの死を伝えたのは彼の生家に対してであったが、その電報を打ってしまってから管理人はこう思う。

もはや私はジャック・ゴダールの死をひとり占めにしてはいない。私の手のなかでぶんぶん羽音を立てていたあの報らせ、あの黒いハエを私は逃がしてしまったのだ。今となっては、もうそいつを掴まえるわけにはいかない。(29)（傍点筆者）

まさしくゴダールの死もまた「一匹のハエ」にたとえられている。それでは「ゴダールの死」という事件が、ここでもやはりグループの「核」となり、グループに生命を与えることになるのだろうか。だとすればこの作品は前作の同工異曲であると言えるかもしれない。だが「私は、かつて語られた例しのないことで何か語るべきものを持たない限り、決して語りはすまいと堅く心に決めていた」[14]ロマンが、単なる二番煎じで満足するはずもなかった。すなわち『或る男の死』における彼の新機軸は、死という事件そのものを「核」とするのではなく、「死から立ち昇る存在の気」とでもいうべき例の「あるもの」をグループの核に据えたことである。

アパートはすっかり変わった。前日までそれはほとんど存在すらしていなかったのだ。（中略）今やアパートは醗酵していた。ゴダールの肉体から最期の吐息とともにある力（une force）が脱出していたのだ。アパートに必要だったのはその力である。(37)（傍点筆者）

論理的な整合性はともかく、この「ある力」が「あるもの」と同一、あるいは、同質のものであることは間違いない。これまで同じアパートに住みながらそれぞれが個人の殻に閉じこもり、ろくに挨拶すら交わさなかった人たちが、三々五々集まってはゴダールを話題にしはじめる。

　幾人か寄っては好んで踊り場で暇どった。この死という機会を、口には出せぬ喜びで捉えていた。幾つもの小さなグループがいつまでも長々とゴダールを不憫がっていた。（38）

　グループの会話や行動をみていると、この人間たちの集まりが私にはまるで蟻か蜂の群れのように思えてくる。なぜ人間がこうまで容易に他の人間と一体化し、同じ声や顔つきで同じことを感じたり考えたりしなければならないのか。この種の疑問は、しかし、ロマンには一切通用しない。「ロマンが独裁者として振舞わなければ、それはもはやロマンではなくなるだろう[15]」とルネ・ラルーも述べているように、独善は彼の専売特許である。時として暴力的とも思える彼の筆致は「個人の殻」をぐいぐい抉じあけ、「あるもの・ある力」という発酵菌をふりかけては「集団の生命」を醸造してゆく。「ゴダールに花環を」という声がどこからともなく発せられたのも、その夜アパートの住人たちがそろって夢を見たのも（117-128）、父・ゴダールが田舎の停車場へ向かう乗合馬車に生気を与えたのも（80-92）、すべてこの醸造菌の作用なのだ。

さて、この「集団の生命」がクライマックスに達するのは、葬列の途上に起こったひとつの出来事を介してであった。ささやかな葬送行進のゆく手に黒山の人だかりがみえる。近づくにつれ、それがストライキに端を発した大騒動だとわかる。スコップをふりかざす土工たち、制止に入る警官たち、それを取り巻く野次馬の群、まさに怒号と悲鳴の修羅場であった。ところが、突然、騒ぎは鳴りをひそめたのである。穏やかな口調で人々は言いあった、「お葬式のお通りだ!」と。

隙間がひらいた。それは広々と悲しげにみえた。葬列は水を打ったような静寂の中を通っていった。土工たちは脱帽し、ついでに額の汗を拭った。警官たちは挙手の礼をした。

葬列は自然な足どりで進んだ。弔いの人たちは誇りと歓びに震えていた。死者は彼らにとって恐るべきものに思えた。彼らは己が所有の神のごとく敬意をこめて死者を愛し、そうして死者に一体と化した。(166)(傍点筆者)

彼らが一体化した「死者」は柩のなかのゴダールではない。グループが「神」と崇めたのは腐りつつある肉体ではない。そうではなくて、ゴダールから飛翔し、グループを誕生させ、その生命を躍動させたあの「あるもの」なのだ。グループはそれを「神」とし、それに一体化することによってみずからも「神」となったのだ。このグループは、それ自体ひとつの生命体であり、ひとつの「存在」と言ってもよい。この「存在」が最高度に存在するとき、つまり集団の感動が最高潮に達するとき、それはひとつの「神」となる。こうした「存在＝神」こそ、ロマンにとっては真にその名に値する「存在」と言えるのである。

五

こうみてくると、ロマンがこの作品において「死」をどう扱っているかという問題にも、少しは解決の糸口らしいものが得られそうだ。

ゴダールの生死は、ともに「他者の意識における」という、いわば「ゴダール外」的側面から捉えられた。あたかもゴダールの存在がゴダール自身から切離されて空間に浮遊していたように、ゴダールの死もまた、死者ゴダールから截然と分かたれた「あるもの」として、死の外に逃れ出たのである。ロマンは、ゴダールをその死によって真正の存在たらしめたと言えそうだ。この神秘的な逆説は、小説の最後の章において再び微かな照明をあてられることになる。

葬儀から日がたつにつれ、ゴダールの生死を含む一切が人々の記憶から遠のき、やがて虚無の淵に沈もうとしていた。そこからゴダールを救いあげたのは、ひとりの若者だった。この若者の登場する終章は、私には作品を通じてとりわけ難解に思えた。それまでとは明らかに相当の時間的隔たりを感じさせるこの章は、それだけで独立した趣きをそなえている。そして、この終章から振返ってみると、ゴダールにまつわる全てがまるで遠い夢のなかの出来事のような気さえするのである。不可思議な夢の記憶を辿るときのもどかしさ、とでも言うべきものが確かにここにはある。

若者がゴダールのことを思い出したのは全くの偶然であった。もっとも、作者はその偶然を招来するために入念な舞台装置をしつらえる。

空はどんなに空想的な児らの瞳にもまして青く澄んでいた。

最良の希望、魂の支配への信念、聖なるものにもその席があるとの思い、宇宙が野蛮な出来事ではないとの確信。ありとあらゆる優しい想い。あまりの事件に怯え、ナイーブだと笑われるのを恐れて普段は陰に隠れているそうした思いの全てが、敢て姿を現わし、みずからに似た空を目にして出歩いていた。あたかも理想が世界の一部となり、世界がようやくそれを認めたかのようであった。(196)

日暮れどきのこうした空に勇気づけられる一方、何やら満たされぬ思いを抱きながら、若者はパリの一画を見おろす土手の上を歩いていたのである。この若者の想念は、時おり晴れ間をみせる霧の彼方を足速やかに通り過ぎてゆくかのように、脈絡を欠いた断片としてしか表出されておらず、苛立たしい不透明さを感じさせる。彼は父親がゴダールの元同僚であったことから葬儀に加わったものらしく、ゴダールとは面識もなかったのである。ただ、葬列のあの頂点において、一体化の感動を味わったひとりであることは間違いない。その感動が、今、パリという圧倒的な人間集団から押し寄せる圧力を五体に感じつつ歩いている若者の記憶にふと蘇るのである。かつて、それより遙か強烈な力の渦に巻き込まれた体験として。だが彼にはゴダールという名がどうしても思い出せず、あれこれ考えた末、結局その名がブラールだったとひとり合点する。要するに若者にとって大切なのは、「個」としてのゴダールではなく、震えるほどの感激をもってそれに一体化したあの「あるもの」なのだ。

彼は思う。

「ぼくが死んでしまったのと同じくらい今は死というものが分かる気がする」(208)

羊の群れが近づいてくる。それは前後左右に伸縮しながら進む不定形の生きた塊である。若者は、できればその塊の温みに手を浸し、そこに仄暗く燃える力強い何かを探ってみたいと願う。「ほんとに、手で摑めそうな、手のなかで捏ねることもできそうな何か。手にとれば、それはまだねばねばした、魂のかたちのようなものであろう」(210)。若者はその「何か」に正真正銘の「生」を見出し、あたかも「存在」の実相に触れたかの感を抱く。そして再び記憶のなかの死者を想い、

ぼくは、今、きっとあの死者が存在してると思う。(212)

との確信に達する。若者が羊の群れのなかに実在していると信じる「集団の魂」は、こうして葬列のグループにその生命を与えていたゴダールの「あるもの」へと結びつく。この「あるもの」の不滅をこそ、若者は直観したのである。

かつてゴダールは、パリを眼下に「わしは存在せんのだ」と述懐した。確かにそれは彼の死によって現実のものとなった。だが、逆説的に、それはまさに彼の死によって非現実となり、彼の存在は見知らぬ若者の想念において永遠の生を保証されたのである。たそがれゆくパリを見おろして若者は考える。

いずれはぼくもこの中で死ぬだろう。ぼくというものの何がここに残るだろうか。(中略)だが、今すぐぼくが死んだとしても、ぼくは決して消えてなくなりはしないだろう。不死身の大きな魂のなかに、ぼくは造作なく入ってゆくだろう。(中略)ぼくの死はぼくの発展であり、ぼくの完結ではないのだ。(214-218)

『神化提要』に以下のような一節がある。

君が死なねばならぬとき、理性の名において死を甘受せよなどと私は言わぬ。生き残りたいという君の願いは理性ごときを眼中におかぬからだ。だが、死の一歩手前で君自身から脱するがよい。家が己れの背に崩れおちるのをぼんやり見ている者があろうか。[16]

ゴダールは、なるほど、死の一歩手前で彼自身から脱したのだ。彼は死によって自己を閉じたのではなく、自己を開いたのだ。あの若者の言葉を借りれば、彼の死は自己完結ではなく、大いなる不滅の魂――ロマンのユナニミスム理論によれば「ユナニム」(l'unanime)、すなわち「心的連続」(le continu psychique)[17]――に加わることによって自己を発展させたのだ。

予期したとおり、この作品において「死」はユナニミスム独特の屈折した照射を受け、捉え難い不思議な像を見せている。ユナニミスムは、おそらく「啓示」以上に、ロマンの個人的な苦悩の体験を抜きにしては考えられないものである。[18]その過程には自己破壊へと向かう契機、極言すれば「みずからの死への願望」も確かにあったと思われる。彼の病的なまでの感受性は、[19]場合によっては自己を追いつめる凶器にもなりかねないものであった。その意味でも、「死」は若きロマンにとって決して縁遠いテーマではなかったはずだ。

【注】

初出は「『或る男の死』における死」「文学語学論集」植木錬之助教授退職記念号、（関西学院大学、経済学部、一九七七年）

なお、（ ）内の数字は引用箇所のページ数を示す。

1 *Les Copains.*（Nouvelle Revue Française, 1922）

2 一九〇八年から一九一〇年にかけて書かれた。

3 *Le Bourg régénéré.*（Messein, 1906）

4 *Conte de la vie unanime.* という副題がついている。

5 Madeleine Berry : Jules Romains, p.21（Ed. Universitaires, 1951）

6 Jules Romains : *Ai-je fait ce que j'ai voulu?* p.93（Wesmael-Charlier, 1964）

7 テクストには *Mort de quelqu'un.*（Gallimard, 1923）を用いた。

8 ロマンの生地 Saint-Julien-Chapteuil（Haute-Loire）も Velay の山岳地帯であった。

9 Jules Romains : *Puissances de Paris,* p.180（Figuière, 1911）

10 *op. cit., Ai-je fait ce que j'ai voulu?* pp.38-39

11 *ibid.,*p.37 や *Problèmes d'Aujourd'hui,* p.163（Kra, 1931）など参照。

12 Jean Prévost はこの小説について「ロマンは明らかに彼自身の意識を掘りおこすことによってこの作品を書いたのだ。その証拠にディテールはその大部分が観察不可能なものであり、内的でない事柄はほとんど見当らない」と述べている。（*La Conscience créatrice chez Jules Romains.* N.R.F., avril 1929, p.481）

13 Jules Romains : *Le Bourg régénéré,* p.16（Nouvelle Revue Française, 1920）

14 *op. cit., Ai-je fait ce que j'ai voulu?* p.36

15 René Lalou : *Historire de la Littérature Française,* t. II, p.357（Presses Universitaires de France, 1940）

16 Jules Romains : *Manuel de Déification,* pp.62-63（E. Sansot, 1910）

17 Jules Romains : *Petite Introduction à l'Unanimisme.*（*Problèmes d'Aujourd'hui.* Kra, 1931）

18 *op. cit., Ai-je fait ce que j'ai voulu?* p. 40 など参照。

19 たとえば *Odes et Prières*（Gallimard, 1923）の Ode V（pp.23-24）や *Les Hommes de bonne volonté,* vol.I, p.527（Flammarion, 1958）などからも推察される。また、幼少期の神経症的な性向については André Bourin : *Jules Romains discuté par Jules Romains,* p.109（Flammarion, 1961）などでロマン自身が語っている。

六　『ドノゴー・トンカ』と第一次世界大戦

ユナニムを疑うなら、それを創り出せ。[1]
ジュール・ロマン『神化提要』

一

ジュール・ロマンは人を担ぐことにかけては天才的な素質を持っていた。いわゆる「カニュラール」（canular）の名手であった。

膨大な資料に基づくジュール・ロマン伝『ジュール・ロマンまたは世界へのアピール』[2]のなかで、著者オリヴィエ・ロニーが『ドノゴー』を端的に評する言葉として用いた「カニュラール」とは何か。ロベール辞典によると、（一）高等師範学校の隠語で「ふざけて新入生をいじめること」、（二）「冗談で人を担ぐこと」、（三）ふざけて言い触らされる「デマ」、と定義されている。そして、（二）の用例として「ロマンは師範学校で、カニュラールと呼ばれるあの『人を担ぐこと』で有名になった」というデュアメルの文章[3]が引用されている。

高等師範時代のロマンがカニュラールの仕掛人として名を馳せていた事実は、他のいくつもの証言によって確かめられる。たとえば、リセ・コンドルセでの恩師イポリット・パリゴは、教え子ロマンについて、「彼の悪戯っぽい傾向には気付いていました。ルナン風の強烈な悪戯ではなく、持ち前の才気を活かしたもので、人間の信じやすさを計算に入れて人を担ぐという悪戯です。カニュラールが盛んな師範学校は、こういう気質の彼にとっては、うってつけの場所だったはずです」[4]と、その思い出を語っている。

また、学生時代をロマンと共に過ごし、彼の文学の良き理解者ともなったアンドレ・キュイズニエは、ロマンが仕組んだカニュラールの傑作として「新入生の検診」[5]をあげている。これは数人の仲間たちと示し合わせ、学校の事務長まで味方に引き入れたもので、かなり大掛かりなカニュラールだった。すでに健康診断を済ませた新入生が「再診」と称して医務室に呼び出される。上半身裸にされて、白衣を着たロマンの質問におずおず答える。片隅では、やはり医者に化けた仲間たちが医療器具やガラスの小瓶をいじっている。やがてロマンが聴診と触診を始める。五臓六腑を見透かすような冷徹な視線に、新入生がすっかり怖じ気づいてしまったところで、おもむろにロマンが白衣を脱いで正体を明かすという趣向である[6]。

このように、ロマンのカニュラールは一見かなり質のわるい悪戯ではあるが、そこには単なる悪ふざけではなく、意表をついてある種の現実に目覚めさせるというポジティヴな意味を見出すことができる。人を担ぐことによって、騙されやすいという人間の弱点を明るみに出す。あるいは、真正面からでは見えにくい現実を暴くために、裏へまわって奇襲攻撃をかける。これがロマン流のカニュラールである。

彼はこの才能を創作活動においても発揮した。初期のコント『蘇った町』（一九〇六年）や小説『仲間』（一九一三年）などもその好例だが、とりわけ、次章で取り上げる『クノック』（一九二三年十二月十五日初演）や『ドノゴー』（一九三〇年十月二十五日初演）など、ハッタリやインチキやペテンが皮肉たっぷりに描かれる彼の喜劇においてこそ「カニュラール」の才能は存分に発揮されている。

しかし、たとえば『クノック』にしても、これは単に金儲け主義のインチキ医者や、まんまと騙されるおめでたい連中を風刺しただけの喜劇ではない。観客は舞台上で繰り広げられる「カニュラール」を笑いながら、実は観客自身もロマンの仕掛けた罠にかかってしまうかもしれない。クノック博士の騙しのテクニックに感心し、笑い興じている観客が、いつの間にか自分もまた「自覚のない病人」ではないかと、一抹の不安に襲われることがないだろうか。それに、第三幕でクノック博士がふと見せるあのファナティックな相貌は、異様な不気味さを感じさせる。クノック博士は政治家にも宗教家にも変身する可能性を持っているのではないか。あるいはロマンは、十年後のドイツにおけるカリスマ的独裁者の台頭を『クノック』によって予言したのではないか。このように、ロマンの戯曲は多面体であり、想像力を刺激する。

ロマンの作品に関して「カニュラール（的）」と評される場合、それは彼が現実にいくつものカニュラールを仕組んだという事実を想起させると同時に、その作品が、カニュラールの辞書的な定義には収まり切らないような、彼固有のカニュラール精神ともいうべきものに彩られていることを意味している。

ところで、キュイズニエも指摘しているように、「新入生の検診」が『クノック』のデッサンになったことは明らかであろう。このように、ロマンが実際に仕掛けたカニュラールの経験が後の作品に活かされる例は、実は『ドノゴー』の場合にも見られるのである。ペテンによって地理学者ル・トゥルアデックを学士院会員に当選させるという筋立てにも、その背景には現実にロマンが仕組んだカニュラールの経験があったのである。[7]

一九一三年、ロマンがリセ・ド・ランの哲学教師だった頃、一面識もないピエール・ブリッセなる人物[8]から『神の神秘は成し遂げられた』と『人類の起源』と題する二冊の自費出版の書物が郵送されてきた。出版社が「アンジェ駅内、著者宅」というのも風変わりなら、奇妙きてれつな議論を展開して「人類の祖先は蛙だ」と主張するその書物の中身はさらに風変わりであった。ロマンは著者が狂っているのかもしれないと思ったが、その常軌を逸した主張には何かしら魅力を感じた。そこで、著者に礼状をしたため、ロマンと親しい若い作家たちやジャーナリスト、芸術家、友人たちにも書物を贈ってくれるよう、住所リストを付けて依頼した。もちろん、ひと芝居打とうというロマンの魂胆である。

当時、詩人、コント作家、思想家のなかから、それぞれ当代の王を選挙するという伝統が続いていた。たとえばディエルクスの没後、一九一二年「詩王」に選ばれたポール・フォールは一九六〇年（没年）までその座にあった。しかし、ロマンをはじめ、その内情を知る者にとっては実にくだらない選挙であった。似たり寄ったりの傾向をもつ文人たちの小さなサークルのなかで、誰を王にするかは予め決められており、形ばかりの投票で選ばれた王について新聞が短評記事を掲載するのである。だが、新聞記事を読んだ一般の読者は、それがフランスを代表する知的エリートたちの白熱した選挙戦の結果だと信じ込むかもしれない。もしそうであれば、この選挙はインチキだということになる。

ロマンは、こういう事態を苦々しく思っていた同憂の士と共謀し、無名のピエール・ブリッセを「思想王」に当選させるためのキャンペーンを開始した。しかも強力なライバルがいた方がより効果的だと考えて、なんとベルクソンを競争相手に選んだのである。そして投票結果は、ブリッセの圧勝だった。調子にのったロマンらはブリッセ本人をパリに招き、「ブリッセの日」と銘打って歓迎会や祝賀会、新聞社訪問、講演会に宴会など、派手な行事を催して大騒ぎした。

ペテンにかかった新聞各社のうち、特にフィガロ紙の、首謀者ロマンに対する恨みは相当根強いものがあったようだ[9]。

さて、このカニュラールと『ドノゴー』との間には明らかに関連があると思われるが、この関連性を指摘することが重要だというわけでもない。『ドノゴー』のカニュラールは、ロマンが現実に仕組んだそれを遥かに凌ぐものだからである。

二

本章では、喜劇『ドノゴー』をとりあげ、ロマンの「カニュラール」について考察するとともに、その「カニュラール」の背後に秘められていると推測される創作動機に関して、一つの仮説をたててみたいと思う。

ただ、『ドノゴー』の前身が映画のシナリオであったという事実は、最初に指摘しておかねばならない。映画関係者とも親交のあった詩人ブレーズ・サンドラールの勧めに応じて[10]、一九一九年に書いた『ドノゴー・トンカ』（副題、科学の奇跡）である。スクリーン全体に映し出される字幕画面によって進行が中断される、あの無声映画の時代であったが、ロマンは表現手段としての映画に関心を抱いたようだ。もちろん、彼の映画への関心が、彼の標榜するユナニミスムと深くかかわっていたであろうことは容易に想像できる。『蘇った町』も『或る男の死』も、譬えてみれば、池に投げ込まれた石が同時に多方面に波紋を広げてゆく話である。異なった場所で同時に起こる出来事を描写するための、つまり同時進行（simultanéité）を表現するための技法を追求していたロマンが、映画にその可能性を見出せないかと考えたとしても不思議はない。

『ドノゴー・トンカ』の映画は、残念ながら実現しなかった。このシナリオは同一九一九年の末NRF誌に掲載され、翌年ガリマール社から出版された。『ドノゴー』は、その十年後、ピガール座のために戯曲として書き改めたものである。無声映画のシナリオと芝居の台本とでは、むろん形式上の大きな違いがある。だが、内容的にはほとんど同じと考えて差し支えない。ということは、つまり『ドノゴー・トンカ』がいかに完成度の高い、緻密なシナリオであったかを示すものである。

以下、テクストには主として『ドノゴー』[11]を用いることにするが、必要に応じて『ドノゴー・トンカ』[12]を参照しながら話を進めていきたいと思う。

三

まずは、『ドノゴー』の大まかな進行を見ておきたい。

ラマンダンとベナンがモゼル橋の上で偶然出くわす。（他にもルジュウールやブルディエなど、小説『仲間』でお馴染みの人物が登場する）。ベナンは、旧友のラマンダンが心を病み、絶望のあまり身投げしようとしていたことを知って、医者を紹介する。生体計測心理療法で繁盛している自殺の専門医リュフィスクの処方によれば、ラマンダンは所定の時刻から所定の街角で通行人を観察し、ハンカチを出してくしゃみをした人間に身も心も捧げなければならない。こうして出会ったのが、コレージュ・ド・フランスの地理学者ル・トゥルアデックである。この学者の唯一の願いは学士院会員に選ばれることだが、過去におかした学問上のミスがそれを妨げている。彼は、その主著である『南米地理』のなかで、ドノゴー・トンカという町について詳しく記述したのみならず、町の周囲には金鉱脈があるとまで書いた。うかつにも山師の根も葉もない作り話にだまされたのか、ブラジルの人跡未踏の辺境に、そんな町は存在していなかった。彼のライバルたちは、この過ちを大目に見てはくれない。学士院の選挙は半年後に迫っている。ラマンダンは地理学者の願いを叶えるために一計を案ずる。ドノゴー・トンカを作ろうというのである。

ラマンダンは、ドノゴー・トンカの発展と金鉱脈の開発を目的とする会社の設立を呼びかけるため、『南米地理』をたずさえて銀行まわりをする。いくつもの銀行で断られた後、資金繰りに困っていた銀行家マルガジャに出会う。この老獪な銀行家は、ラマンダンの企みを瞬時に見破りながら、なにくわぬ顔で賛同し、ラマンダンに「ドノゴー・トンカ会社」設立のための策を授ける。

出資を募るため、資本家を集めてドノゴー・トンカに関する講演会を催す。まず、ラマンダンが準備した原稿でル・トゥルアデックに学術講演をさせる。パリ近郊で撮影したそれらしき映画を、発展しつつある町のドキュメンタリーとして上映する。続いてラマンダンの仲間ルジュウールが、現地から帰ってきた旅行者という触れ込みで、「採れ過ぎた金の乱費でひどい物価高だ」などと町の様子を生々しく語る。ベナンとブルディエが「さくら」になって会の雰囲気を盛り上げる。資本家たちの食指が動き始める。

徹底的なプロパガンダ作戦がたてられる。パンフレット、新聞広告、ポスター。メトロの階段の一段一段に貼りつけられる「ドノゴー・トンカ」の文字。サンドイッチマン、映画館のアニメ、金のスパンコールを散りばめたニューモード「ドノゴー・トンカ」ドレスの発表、香水「ドノゴーの夜」の発売。

現代のエル・ドラドに一攫千金の夢を託す人々の集団が、マルセーユに、アムステルダムに、サイゴンのカフェに、サンフランシスコの酒場に、形成され始める。

ブーローニュの森のレストランで贅沢な食事をとるラマンダンとマルガジャ。会社の順調な滑り出しに満足しつつも、やはり南米の奥地に「それらしいもの」があった方が気が休まるという銀行家の思いは、ラマンダンの思いでもある。せめてもう少し便利な場所にドノゴー・トンカを置いてくれていたらと、地理学者の粗忽を恨みながら、ラマンダンは、アマゾンの支流トパジョス川の上流に町を建設するため、モンパルナスのカフェで、ドノゴー・トンカ発展促進団員を募集する。

一方、インチキ広告に騙された山師の一行がブラジルの荒野をさまよっている。パンフレットの地図もいい加減なら、現地で雇った案内人もいい加減である。この一行が辿った道を追ってきた別の一行が、丘の上で合流する。ドノゴー・トンカを探しあぐねて疲労困憊の山師たちは、近くに川もあるこの丘の上でしばらく野営することに決め、その準備にかかる。数人の男が、戯れて、板切れに靴墨で「ドノゴー・トンカ」と書き、杭に打ち付けて地面に立てる。立て札の周りに皆が集まってくる。不思議な感動に打たれて、その場に立ち尽くす。思わず脱帽する者もいる。やがて全員が祖国の誕生を祝って歓呼の声をあげる。

さて、オルセー駅のホームでは、ラマンダンを団長とする発展促進団の一行が、マルガジャヤル・トゥルアデックの見送りを受けている。

その頃、ドノゴー・トンカの立て札がある広場の周囲にはテントや小屋が立ち、共同生活が始まっている。しかし、川で砂金を探すことは慎んでいる。探さない限りは、そこに金があると信じておくこともできるからである。そこへ新しい一行が到着する。町の貧弱さに拍子抜けするが、そこがドノゴー・トンカであると信じ込み、金はどこで採れるのかと尋ねる。漠然と川の方を指すと、早速ひとりが含有率を調べると言って川へ向かう。やがて戻ってきた男は、先着組の困惑をよそに、こともなげに言う。「大したことはない。名のある金鉱の平均以下だ」。先着組は驚くが、しかし平静を装う。

ブラジルの陸地が遠くに見えた時、ラマンダンは決心して皆に打ち明ける。「ドノゴー・トンカの町は皆が想像しているようなものではない。やるべきことは山ほどある。ほとんど全てと言ってもよい」。ともかくも町は存在していると信じていた連中は、「町は計画状態で存在している」と聞かされて失望したり笑い転げたりする。リオの港に着くと、旅行代理店の看板がラマンダンを仰天させる。「毎週土曜日出発　ドノゴー・トンカ行き」とあるではないか。ラマンダンは代理店に飛び込んで何度も確かめる。

パリのドノゴー・トンカ会社。学士院会員選挙を気にして「町が存在する証拠が欲しい」とせがむル・トゥルアデックを適当にあしらいながら、マルガジャは待たせていた株主代表と面会する。代表は「株は下がり続けている。町の存在自体を否定する者もおり、学者がペテンの片棒を担いでいるという非難の声もあがっている」と詰め寄る。マルガジャが得意のハッタリと話術でごまかしているところへ、ラマンダンからの電報が届く。そこには、ドノゴー・トンカの存在、その異常な膨張と急速な発展、住宅難、物価高など、ラマンダンが代理店で仕入れた情報とともに、土地の買い上げなど早急に対策を講じる必要があると記されている。マルガジャの仰天ぶり。彼は株主たちと相談して、ラマンダンを共同経営者から総裁に格上げする。

ドノゴー・トンカの様子は一変している。立て札に代わって、そびえ立つポールに旗が掲揚され、広場の周りにはホテル、レストラン、バーなどが建っている。ラマンダン総裁の到着を事前に知らされた住民たちが、我が町を会社に乗っ取られてはたまらないと「自由ドノゴー・トンカ万歳」を叫んで気勢をあげる。そこへカービン銃で武装したラマンダンの一隊が現れ、広場の中央を占拠する。ラマンダンは「私には数千万の資金がある。いざとなれば別の場所にドノゴー・トンカを作ることもできる。諸君がここにいるのは、私が諸君をここへ送り込んだからだ。諸君の町は私のパンフレットなのだ」などと演説して、絶対的な権力を手に入れる。

独裁者ラマンダン総裁の植民地様式の邸宅で、ラマンダンがパリから呼び寄せた仲間たちと打ち解けて話し合っている。独裁体制を確立するために、総裁は祖国の神々として二体の彫像を作るつもりである。めでたく学士院会員となった国家的英雄ル・トゥルアデックの彫像。そして、科学的真理（非公式には科学的誤謬）を象徴する、絶えず妊娠し続ける多産な女性の彫像である。どうやらラマンダンは大衆操作の方法を完全に会得したらしい。「問題を解決する手段は、それを見ないこと」「心を安らかにさせるためには、折りをみて、祭の行列や拡声器による演説やシンボルや儀式をくれてやればいいのだ」等々。そして、ベナンにも何か演説するように勧め、「真実と皮肉以外は何をしゃべってもいい。もし皆が君の話を理解したいという気をおこすようなことがあったら、騒ぎ立てて妨害してやるから心配はない」という。ベナンがラマンダンに、モゼル橋やリュフィスク医師を想起させると、ラマンダンは大通りのひとつにリュフィスクの名を付けることを思いつく。

四

「その夜、叩きつけるような雨の中、ピガール通りの狭い坂道には車があふれ、アール・デコの贅をつくした劇場の明るく照らされた正面前に、人々が群がっていた[13]」。オリヴィエ・ロニーは『ドノゴー』初演当夜の様子をこのように描写し、この芝居の前評判がいかに高かったかを語っている。

クノック役者のルイ・ジューヴェが演出し、ピガール座の売り物である大仕掛けで精巧な装置を駆使して二十三回の場面転換を見せる『ドノゴー』は、事実、当たりに当たった。ロニーによれば

「一八七回の連続公演中、劇場に空席はなかった。『ドノゴー』の桁外れのカニュラールは、やがて普通名詞になる。株価が怪しくなると『気をつけろ、ドノゴーかもしれないぞ』というのが習慣となり、『ドノゴー・オスマン』レコード店やら異国風レストラン『ドノゴー・コンゴ』やら、この名を看板に用いる店も現れることになる」[14]。

この芝居がこれほどの好評を博した要因は、もちろん、ロニーも指摘するとおり桁外れのカニュラールであろう。ラマンダンを診察するリュフィスクの、こけおどしの自動診断装置、猛烈なスピードで書いては消される黒板の数式、そして、あのナンセンスな処方。この医者もまた、クノックとはひと味違ったペテン師である。存在しない町ドノゴー・トンカを存在させることを思いつくラマンダン。その実現のためにペテン師たろうとする彼の、さらに上をゆくペテン師マルガジャ。真理に仕えるべきか、それとも講演料付きペテンに加担して学士院をめざすべきかのジレンマに、一応は悩む振りをする学者ル・トゥルアデック。インチキ会社を設立するための手の込んだ仕掛けの数々。派手な宣伝が世界各地に広げる波紋。存在しなかった町を一挙に存在させてしまう陽気な落書き。そして、カニュラールの仕上げは、今や一流のペテン師に成長したラマンダンによる町の乗っ取りであり、町の独裁的支配である。

ラマンダンが内輪の話として仲間たちに明かす支配の要諦は、被支配者に考えたり、疑ったり、理解しようなどという気をおこさせないこと、彼らの心を安らかにさせておくことである。でっち上げた神話に基づく似非宗教、祭典、娯楽、情報コントロール等々、被支配者の思考回路を断ち切るスイッチ操作によって、彼らをペテンの支配する世界に閉じ込め、そこに安住させることである。もし誰か、その世界に生きることに居心地の悪さを覚え、絶望する者がいれば、その者にラマンダンは躊躇なくリュフィスク的処方を施すであろう。かつて、絶望し自殺を考えた彼は、リュフィスクの処方によって「生への熱情」を取り戻した。彼はあの処方のペテンに気付いていながら、それに忠実に従うことの有効性を身をもって経験したのである。その意味で、最後に彼がドノゴー・トンカの大通りにリュフィスクの名を付けるのは、きわめて象徴的な行為である。こうしてペテンの始まりと終わりとを繋ぎあわせることによって円環を閉じ、自己完結的なペテンの世界を完成させることになる。

『ドノゴー』には、ペテンを諌める律儀な常識人も、ペテンに泣かされる哀れな犠牲者も存在しない。『ドノゴー』はペテンの精神に貫かれた世界、いわばペテンのパラダイムを構築する。ペテンが文字通り「人を担ぐ」カニュラールであるなら、それを徹底的に陽気な雰囲気に包んで「ペテンの世界へようこそ」と観客に差し出すこともまた、ロマンの仕掛けたカニュラールの一つだと言えないだろうか。

五

ところで『ドノゴー』には、実はもう一つ、その創作動機に関わるカニュラールが仕組まれているのではないか。これが、本稿で考察しようと試みる二番目の問題である。

ロマンは自らの作品について多くを語る作家であり、『ドノゴー』について述べた文章もかなりの数にのぼる。それらのうち、特にこの作品のテーマや創作動機に関するものをピックアップし、その内容を先にみておきたいと思う。

＊＊＊

たとえば「制度とか、人間が集団的に共有している現実のなかには——それが人間にとって有益であったとしても——、その起源を探ってみると、実は、嘘であったり間違いであったりして、何の根拠もなかったというものがある。（中略）現代の神話づくりを目的とする広告にとっては、それに対応する現実の存在は、二義的な条件でしかない」[15]と述べて、広告がペテンに利用されることを懸念したもの。

また、『ドノゴー』について何度も繰り返し言われてきたことだとしながら、「ある観念が、それ自体の価値とは関係なく、大衆に及ぼす作用。神話や信仰の捏造。集団的に力強く信じた観念を、ついには現実の存在に変えてしまう人間の能力。社会的な事象においては、自然界で起こることとは逆に、検証のあとから真理が生じることもあり得るということ。言い換えれば、神話の多産性、しかも曖昧な、すなわち善も悪も同程度に生むことが可能な多産性。様々な角度からみた指導者の役割。指導者といっても、下は何の値打ちもない、毒にも薬にもならない操り人形的人物から――そういう人物に偶然ある集団的な流れが合流したり、公的な観念なり妄想なりが結集したりすることもあるが――ペテン師、扇動家、怪しげな予言者など、種々様々なカテゴリーを経て、上は真の指導者にいたるまで。とりわけ、現代文明におけるハッタリと宣伝の力。金融活動、産業活動、さらには信用や繁栄の裏にひそむ虚構性[16]」など、『ドノゴー』にみられる「ユナニミスム特有のテーマ」を列挙したもの。

さらに、「あらゆる文明には、その原動力やメカニズムがあるが、それらが特に現代の世界においてどのような形をとっているかについて、楽しく考えてもらう機会を提供したかった」と前置きし、「この『楽しく』というのが肝心だ。というのも滑稽は必ずしも楽しいとはかぎらないからだ。（中略）人間性や社会や人生に対する苦い洞察と幻滅を土台にした滑稽は、笑いを誘うにしても、楽しくない。（中略）私の言う『楽しさ』は、饗宴の食卓に肘をついて、人間たちの喧噪を面白がって眺めているオリンポスの神々の姿勢に通じるものだ。（中略）それは、世の愚行や卑劣な言動や醜悪な行為に対抗するための最良にして最後の安全装置であり、それなしでは我々は押しつぶされてしまうだろう[17]」と、『ドノゴー』における「楽しさ」を強調したもの。

最後に、ロマンが、『ドノゴー』創作の契機になったというイメージを思い出しながら語った文章を引用するが、このイメージそのものが何に由来するのかについては語られていない。

「最初に浮かんだのは、たしか次のような漠然とした光景だったように思う。人々がある場所に到着して、びっくり仰天する。それは、何か思いもよらなかったものを見つけてというのではなく、反対に、いつも思っていたものを見つけたからだ。彼らが仰天するのは、まさしく、彼らの思いと現実が奇跡的に一致したためだ。まさかと目を疑うような一致だ。」[18]

＊＊＊

『ドノゴー』の前身が一九一九年に書かれた『ドノゴー・トンカ』であったことを想起しよう。これはあくまで私の推測にすぎないが、『ドノゴー』すなわち『ドノゴー・トンカ』創作の背景には、第一次世界大戦があったのではないか。もちろん、単に戦争との関連という意味でなら、右にあげたロマンの文章にも、それを示唆するものがないわけではない。神話作りは戦争のイロハであり、宣伝すなわちプロパガンダは自国の言論統制や敵国の情報攪乱に必須の手段である。「愚行や卑劣な言動や醜悪な行為」は戦争の生々しい記憶を蘇らせる。いや、そもそも『ドノゴー』という戯曲自体、大戦の原因となった植民地問題や領土問題の戯画であると見ることもできる。そうではなくて、この作品には第一次世界大戦に直面したロマン自身の姿が投影されているのではないか、というのが私の仮説なのである。言うまでもなく、その影は、あたかも歪んだスクリーンに映し出されたかのようにデフォルメされてはいるだろうが。

結論を先に言ってしまえば、私の仮説はこうである。ラマンダンの絶望や、存在しないドノゴー・

トンカを存在させようとする彼の企てのなかに、大戦時のロマンの姿を見出すことができる。

もっとも、この小さな仮説を組み立てるに際して、ロニーの業績が大いに参考になったことは、あらかじめ断っておかねばならない。以下、彼のジュール・ロマン伝を手がかりに、大戦時のロマンを追いかけてみよう。

六

さきほど、多少ふざけて、『ドノゴー』がペテンのパラダイムを構築した、と述べた。しかし、ロマンが本気で構築しようとしたのは、彼自身が名付け親であるユナニミスムという名のパラダイムである。一九〇三年のいわゆる「アムステルダム街の啓示」に端を発し、『一体生活』（一九〇八）から『神化提要』（一九一〇）へと高揚してゆくユナニミスムは、従来の個人主義的な思考や感性の枠組みを解体し、それに代わる新しい時代精神のあり方を呈示するという意味で、まさに新たなパラダイムと呼ぶにふさわしいものであった。「個人の魂がますます澱んで醗酵する沼地からの脱出」[19]を呼びかけ、「幸福への十字軍」[19]の旗手を務めるロマンが目指したのは、精神の重心を個人から集団へ移動させることであった。小さな個人の精神に拘泥することを止め、集団が醸し出す大きな精神、一体となった集団的精神（ユナニム）に合流することであった。

一九一四年八月に勃発した大戦は、まさしく、そうしたユナニムを大規模に呼び覚ました。フランス全土に、普仏戦争以来ドイツに対して抱き続けてきた憎悪と復讐の念が一挙に燃え上がった。もはや左翼も右翼もなく、ナショナリズム一色に塗りつぶされた挙国一致のユニオン・サクレ（神聖同盟）があるのみだった。

多くの作家たちも、祖国防衛の名の下に前線へ赴き、命を落とすことになる。『戦没作家撰集』には五二五人の名があがっている。[20] アラン・フルニエもペギーもペルゴーもプシカリも、戦死した。

しかし、ロマンは戦場へは一度も行かなかった。ロニーの伝えるところによれば、[21] 一九〇六年に兵役を終え、一九〇九年には慢性腸炎のため補助勤務に配属されていた彼は、開戦後も、パリで出征兵士の家族に手当てを支給するという非戦闘任務の部署に配属されたままであった。なぜ行かないのか。そのことに関して彼は、親しい友人たちにさえ奇妙な沈黙を守り続けた。やがて、不名誉な噂が囁かれ始める。「裏切り者」とか「卑怯者」とか、そういう類の言葉が直接彼に投げつけられたわけではない。だが、彼が周囲の白い眼に気づかなかったはずがない。現に、ヴィルドラックがロマンに宛てた手紙は、侮蔑に満ちた絶縁状ではなかったか。

「戦場は人間について多くのことを教えてくれる。戦友たちと共に死の危険と隣合わせの日々を過ごすことは、人間の性格や感情に気高さを与える。こうした試練に身を委ねて自分を見つめてみるのは得難い魅力だ。それだけに、君が事務をやってると聞いて驚いた、というより失望した。君なら、後方のどこか安全な部署に就かせてもらって、戦場を見物するくらいのことは簡単にできるだろうに。何かが起こっている所へ、その気になればいつでも行ける男が、しかも何であれ集団的精神の発露には夢中になる男が、ぼくが思うに、断固その男が『見る』べき時に、そいつが生活保護の事務所なんぞに閉じ籠もっているとは、呆れかえるね。それだけだよ。もちろん、銭をやりとりする場所というやつは、平時であろうが戦時であろうが、知的にも倫理的にも胸糞がわるくなる、ということもあるがね。結局は見方の問題だ。ぼくは自分の見方を誰にも押しつけるつもりはない。（中略）戦争は恐ろしい。だが、少なくともここでは、パリ地区のどこかの留守部隊にいるよりは、堂々と生きている。おぞましい恐怖に取りつかれた連中が、行かないためには糞を食らうことも肥溜に寝泊まりすることも厭わないような連中が、こっそり居残っている場所にいるよりはね。[22]」

こうした侮辱に耐えながら、実際、なぜロマンは戦争に行かなかったのか。行かない理由について、なぜ沈黙を守っていたのか。

ロマンの死後、未亡人によって国立図書館に寄託された膨大な書類の中から、一九三三年に書かれた草稿が発見された。一九一四年のロマンの姿勢に関してインタビューが行われたらしいが、草稿はそれに答えるために準備されたものであった。ロマンは、そのなかで、当時の自分の考え方を公に説明する機会を与えてくれたことに謝意を表した後、前線に行かなかったのは紛れもない事実であるとし、その理由を次のように書いている。

「行かなかったのは、当初から、あの戦争をヨーロッパ最大の過ちであり、最大の罪だとみなしていたからだ。もし行っていたら、私のことだ、たちまち前線の雰囲気に呑み込まれ、先頭に立って戦っただろう。そして、ほぼ確実に死んでいただろう。しかし、自分が信じてもいない大義のために命を落とすのは、いかにも馬鹿げてみえた。むろん、犠牲になった方々には、理性では納得できないけれども、最大限の敬意を表したい。（中略）あれほど多くの人々が苦悩と災禍を受け入れていたあの時期に、ただ手をこまねいているだけだったら、完全に心安らかではいられなかっただろう。あの戦争が、できるだけ早期の、かつ妥当な終結を迎えるために、私なりに手を尽くそうと決意した。十四年と十五年に書いた詩『ヨーロッパ』と、アメリカ向けの記事がそれだ。当時のヨーロッパでは、なかなか言いにくい内容のものだけに、勇気のない行為ではなかったと思う。その成果は乏しかったかもしれないが、ゼロではなかった。私が前線で死ぬことがフランス国にもたらしたであろう利益に比べれば、はるかに大きな成果ではあった。[23]」

二十年前の、デリケートな問題について自己を語ろうとした文章である。すべてが真実であるかどうかについての判断は留保するとして、犬死は御免だというのが本音であったとしたら、ロマンの沈黙の意味は理解できる。しかし、そういう思いを胸に秘め、侮蔑と孤独に耐えながらこの期間を過ごすということは何を意味するだろうか。それに何よりも、自ら標榜したユナニミスムが現実にその圧倒的な力を発揮している光景を、これは私のユナニミスムではないと割り切って、平然と眺めていられたはずもない。

なるほどロマンはすべてのユナニムを肯定したわけではない。『一体生活』のなかには、否定すべきユナニムも描かれている。たとえば兵役の経験に基づく「兵舎」と題する詩は、強制されたユナニムの苦痛、自らの解体を願うユナニム、やがて戦場へ追い立てられるユナニムの悲哀を扱っている。また、日露戦争を題材にした「戦争の間」は、遥か遠方の戦場で傷つき苦しむ人々の痛みが、我が痛みとして感じられないもどかしさを訴え、全人類が文字通り身も心も一体となる日を夢みて、

Il faudra bien qu'un jour on soit l'humanité.[24]

いつの日か、人々は人類にならなければ。

と歌っている。ロマンは本質的に平和主義者であり、一般論として、彼のユナニミスムは戦争の集団的精神とは相いれないものだと言うことはできる。

だが、そんなアリバイが気休めになったとは思えない。前線へ赴く兵士たちのユナニムは強制されたものではなかったし、次々と斃れてゆく者たちの痛みが伝わらないほど遠方の戦争ではない。ロマンが自らの信じるところに従って「行かなかった」にせよ、あるいはヴィルドラックに罵られたように生理的に「行けなかった」にせよ、「心安らか」とは程遠い精神状態にあっただろうことは想像で

きる。

「おそらく彼は、周囲の興奮状態と彼自身とを隔てるギャップに苦しみ、日毎に暗澹とした絶望感にとらわれていったようだ」とロニーは述べている。さらに、「精神衰弱によって悪化した慢性腸炎の激しい発作（これは医師によって確認されている）が絶望感に追い打ちをかけたのではないか」[25]とも推測している。

開戦二カ月後に書き始めた詩集『ヨーロッパ』[26]のなかに、ロニーは、精神と肉体を痛めつけられたロマン自身の姿を見出している。いくつかの詩[27]は戦争に引き裂かれたヨーロッパを「内面化した」ものだと指摘し、死に瀕したヨーロッパと「ロマンの無意識的な自殺への衝動」とを重ね合わせている[28]。

七

私には、ロニーが単なる推測を述べているとは思えない。むしろ『ドノゴー・トンカ』におけるラマンダンの「絶望や自殺願望」を、大戦時のロマンに重ね合わせてみることで、ロニーの説を補強することができるのではないか。

『ドノゴー』では削除されているが、『ドノゴー・トンカ』には、ラマンダンがリュフィスク医院の待合室を覗き見る場面がある。


精神のアンバランスを示す患者たちがひしめく広い待合室は、錯乱で膨れ上がり、はち切れんばかり。（中略）不条理は、余りに沢山の脳から滲み出し、手で触ることができるほどだ。人々の身体から発散し、少しずつ部屋に充満する希薄な一種の蒸気が見分けられるようになる。（中略）今度はラマンダンの顔が映し出される。

彼は、まず、釘付けにされたような、諦めたような驚きを表す。

次に、気まずさ、圧迫感を。

次に、微笑をたたえた激しい恐怖感を。

次に、不可解な同意が口もとを緩めさせ、瞳を愚鈍に光らせる。

次に、何処を見るでもない酩酊[29]。


戦争の熱に浮かされた人々とロマンとの乖離を表現すると解釈しなければ、ラマンダンの表情は理解しがたいものとなる。狂気が尋常と見做される世界で正気が生き延びるには、仮面と沈黙と、そして絶望をも必要としたのではなかろうか。

ラマンダンが絶望を乗り越えて「生への熱情」を取り戻すのは、リュフィスクの処方のお蔭であった。あの馬鹿げた処方には、実は重要なメッセージが含まれている。それは、「その男に身も心も捧げよ」という言葉であり、「処方を忠実に守ることのみを考えよ」という指示である。絶望にとらわれた人間は、その絶望以外のものに目を向けることによって絶望から解放される。こうした「自己からの脱却」はユナニミスムの原点でもある。そして、ラマンダンが自らを捧げることになる人物は、存在しない町ドノゴー・トンカについて、うかつにも記述してしまったことを悩んでいる。その町とは、ロマンが余りにも楽観的に、すなわち、うかつにも夢見たヨーロッパではなかっただろうか。ロマンが理想とする「ユナニムとしてのヨーロッパ」など、砲火に包まれた今、存在するどころではない。ラマンダンが「身も心も捧げて」支えるべき人物とは、他ならぬロマン自身である。ロマンの、そしてユナニミスムの存在理由が今こそ問われている。

ラマンダンが、ドノゴー・トンカに関する講演をさせるために、地理学者を口説く場面がある。

——お断りになれば、ご自身でドノゴーを世界地図から抹消してしまうことになりますよ。あなたの不名誉は決定です。競争相手の勝ちですね。

——とはいっても、科学と真理に仕えるのが、わしの人生のすべてなんだから。

——それで？　そのとおりですよ。

——誰だって科学的誤謬を避けることなどできはせん。しかし、だからといって、それを踏み台にするような真似は…。
――踏み台！　今おっしゃった言葉は天才的ですよ、先生。（中略）存在しているものを、ただ平凡に証明するだけの科学なんて（中略）そんなのは小物の科学です。わたしが尊重するのは創造的な科学だけです。真理を創造する、大物の科学です。（中略）肝に銘じておいてくださいよ、先生。科学的な真理と誤謬に関する古臭い理論の名のもとに、大都会の創設と広大な地域の経済的開花を妨げる権利は、あなたにはありませんからね。[30]

ヨーロッパが存在しない事実を証明したところで何の足しにもならない。存在しないものを存在させることこそ、創造的な仕事なのである。これが、まさしくユナニミスムの神髄である。ロマンは、戦時中の二つの仕事によって、ヨーロッパを存在させようとしたのである。

詩集『ヨーロッパ』を貫いているのは、死に瀕したヨーロッパに呼びかけて、その誕生を促すという、ユナニミスムの創造的精神である。

もう一つの仕事は「アメリカ向けの記事」として書かれた『ヨーロッパが存在するために[31]』である。その名の示すとおり、これもまた詩集『ヨーロッパ』と同じ精神に貫かれている。

一九一五年、ロマンはルネ・アルコスの紹介で「シカゴ・デイリー・ニュース」のパリ支局長[32]と知り合った。戦争の原因や将来に及ぼす影響などについてのロマンの見解に興味を持った支局長は、それを連載記事にするつもりで、ロマンに原稿を依頼した。この年の十二月、数週間で書き上げられた原稿は直ちに英訳され合衆国へ送られたが、結局、掲載されなかった。理由ははっきりしないが、当時、不介入の姿勢を堅持していた合衆国にたいして暗に介入を促す内容を含んでいたためではないか、というのがロマンの推測である。この論説がフランスで公表されたのは一九三一年のことである。

ロマンは、この戦争がヨーロッパという同質的文明圏の内戦であり、歴史の亡霊に支配された時代錯誤だという。近親憎悪的な烈しい分裂の奥に統一への欲求が秘められているのだとし、その統一を実現するために不可欠なのは、ヨーロッパが一つであるという事実についてのヨーロッパ人自身の認識であると説く。

この長文の論説について、今は詳しく触れるつもりはない。ただ、連合国側の勝利が絶対的に望ましいとした上で、終戦後のヨーロッパに関してロマンが描いている青写真は注目に値する。ヨーロッパの諸国民が、自分はヨーロッパ人であるとの自覚を絶えず持つように、そしてヨーロッパの存在を自明のことと考えるように、ロマンは先ず、強力な組織をもった「独立ヨーロッパ党」の創設を提言し、その最初の仕事として次の四つをあげている。(一) 関税同盟、(二) 郵便料金の統一、(三) 単一通貨制度の採用、(四) ヨーロッパ銀行の創立。[33]

ロマンが第一次大戦の最中にヨーロッパ連合を発想し、その具体的なプランをここまで考えていたという事実はきわめて興味深い。彼のこうした思想が、ヨーロッパ連合へ向けての現実の歩みのなかで、いかなる役割を果たし得たかについては、あらためて検証する必要があるだろう。

＊＊＊

『ドノゴー』創作の契機になったという、ロマン自身が語るイメージについては前に引用した。すなわち「常に考えていたものと現実との、目を疑うような一致に仰天する」イメージである。『ドノゴー』においては、戯れに書かれた落書き（町の標識）に驚く山師たちに、あるいは旅行代理店の看板を見て仰天するラマンダンに、そうしたイメージの表現を見出すことができる。ただ、前にも述べたとおり、ロマンは、このイメージ自体の由来に関しては何も語っていない。

これを、『ドノゴー』と第一次大戦におけるロマンとを重ね合わせようとする推理の文脈に位置づけるなら、次のように言えるのではないか。つまり、このイメージは、途方もない現実のユナニミスムに遭遇したロマンの驚きである、と。あの大戦の集団的熱狂は、彼にとってはユナニミスムというパラダイムのいわば陰画ではあった。とはいえ、彼はそこに、紛れもなく自ら構築しようとしたパラダイムの実態を認めたに違いない。易々と陰画に反転しうるという、その致命的な欠陥とともに。

だが、肝心なのは次の点だ。集団の精神に幻滅して個人主義に転向するという、ありきたりのコースを彼は選ばなかった。ユナニミスムが目指す「幸福への十字軍」を退却させようとはしなかった。大戦はロマンの楽観主義に、むしろ、焼きを入れたのだ。「背後で人々を殺戮に駆り立てる野心家たち、編集室で突撃ラッパを吹く愛国主義者たち[34]」の存在に気づいていた彼には、この戦争が宿命的なものだと認めることはできなかった。「新たな戦争を防ぐために、常に、力の及ぶ限りのことをしよう」[35]というロマン三十歳の決意は、筋金入りの楽観主義を思わせる。一九一九年という年に書かれたシナリオ『ドノゴー・トンカ』の喜劇性を支えているのも、こうした楽観主義ではないだろうか。

さて、存在しない町を存在させようとするラマンダンの試みは、ヨーロッパを創造しようとするユナニミスト＝ロマンの試みでもあった。「ユナニムを疑うなら、それを創造せよ」という『神化提要』の言葉[36]を、ロマンはラマンダンとともに実践したのである。その実践が、絶望を癒し、「生への熱情」を呼び覚ます妙薬でもあったのだ。

これは、今も仮説のままである。だが、カニュラールの達人ロマンのことだ。ペテンを描いた作品のなかに、隠し絵のようにそっと自分を忍ばせておく程度の悪戯は平気だろう。それに、ユナニミスムには「虚にして実、実にして虚」という、ある種の捉えがたさが付きまとう。ペテンと紙一重の危うさがある。『ドノゴー』のカニュラールとユナニミスムの創造的精神とは、案外、紙一重なのかもしれないのである。

【注】

初出は「『ドノゴ』のカニュラール」「文学語学論集」七号、小島達雄教授退職記念号、（関西学院大学、経済学部、一九九六年）

なお、（ ）内の数字は、引用箇所のページ数を示す。

1 JulesRomains : *Manuel de Déification*, p.62（Sansot, 1910）

2 Olivier Rony : *Jules Romains ou l'appel au monde.*（Robert Laffont, 1993）

3 Georges Duhamel : *Le Temps de la recherche*, p.214（Hartmann, 1947）

4 *Hommage à Jules Romains pour son soixantième anniversaire*, p.94（Flammarion, 1945）

5 *ibid.*,p.9

6 *op. cit., : Jules Romains ou l'appel au monde*, pp. 137-138

7 Jules Romains : *Amitiés et Rencontres*, pp.97-107（Flammarion, 1970）

8 ブルトン編『性に関する研究』一〇頁（野崎 歓訳、白水社、一九九三年）の中で言及されている。その訳注（三五頁）でブルトンが『黒いユーモア選集』（一九四〇年）においてブリッセを再評価した、とある。

9 一九八八年、『善意の人々』の文庫版がオリヴィエ・ロニーの長い序文を付してラフォン社から刊行された。これを受けて、同年五月三十日付のフィガロ・リテレール紙は「ジュール・ロマンはまだ読まれるか。善意の…読者のために」という皮肉たっぷりの見出しで一頁の紙面を割いた。その内容については、拙稿『善意の人々――幸福観を求めて（1）』「文学語学論集」楠瀬敏彦教授退職記念号（関西学院大学、経済学部、一九九〇年）で紹介した。このネガティヴな記事がブリッセの一件と関連があるのではないかというのは私の憶測に過ぎないだろうか。

10 Jules Romains : *Ai-je fait ce que j'ai voulu?* pp. 82-84（Wesmael-Charlier, 1964）

11 テクストに用いたのは、Jules Romains : *Donogoo.*（Gallimard, 1950）

12 および、Jules Romains : *Donogoo-Tonka ou les miracles de la science,* suivi de *Le Bourg régénéré.*（Gallimard, 1920）

13 *op. cit., Jules Romains ou l'appel au monde,* p.363

14 *ibid.,*p. 364

15 *op. cit., Ai-je fait ce que j'ai voulu?* p. 84

16 Jules Romains : *Souvenirs et confidences d'un écrivain,* p.198（Fayard, 1958）

17 Jules Romains : *Pourquoi j'ai écrit Donogoo?*（Bulletin des Amis de Jules Romains, No.38, pp.10-14）

18 *op. cit., Souvenirs et confidences d'un écrivain,* p.199

19 *op. cit., Ai-je fait ce que j'ai voulu?* p. 41

20 P. Ory, J. -F. Sirinelli: *Les Intellectuels en France, de l'Affaire Dreyfus à nos jours,* p.63（A. Colin, 1986）

21 *op. cit., Jules Romains ou l'appel au monde,* pp.209-224

22 *ibid.,*p. 216

23 *ibid.,*pp.217-218

24 Jules Romains : *La Vie unanime*, p.129（Mercure de France, 1913）

25 *op. cit., Jules Romains ou l'appel au monde*, p. 221

26 Jules Romains : *Europe.*（Gallimard, 1960）

27 次章「『クノック』の戦略」、十の冒頭参照

28 *op. cit., Jules Romains ou l'appel au monde*, pp.220-221

29 *op. cit., Donogoo-Tonka*, pp.18-20

30 *op. cit., Donogoo*, pp.90-93

31 Jules Romains : *Pour que l'Europe soit.*（*Problèmes d'Aujourd'hui.* kra, 1931）

32 Paul Scott Mowrer（*op. cit., Jules Romains ou l'appel au monde*, p.228）

33 *op. cit., Pour que l'Europe soit*, pp.65-66

34 *op. cit., Jules Romains ou l'appel au monde*, p. 218

35 Jules Romains : *Sept mystères du destin de l'Europe*, p.8（Coll. Voix de France, New York, Maison française, 1940）

36 本稿エピグラフ

七　『クノック』の戦略

二つの隠し絵

しかし、そうだとすると、あなたはきわめて研究に値する現象ですな。つまり、まったく健康な人間なんて、私はまだお目にかかったことがないのですから。
トーマス・マン『魔の山』[1]

一

無料診察に押しかけた村人たちを次々と病人に仕立ててゆく、クノックの鮮やかな手腕。借金を取り立てにきて、ひとりクノックをペテン師よばわりしたパルパレ医師をも重病人にしてしまう、あの水際立った芸。これらは、最初クノックがパルパレに騙されたのだ、という事実を忘れさせるほど強烈な印象を与える。

だが、クノックはパルパレに、確かに騙されたのである。

パルパレ　馬鹿な奴だと思わんでくださいよ、先生。この気まぐれがあればこそ、只みたいな値段でわたしの客が手に入るのですから。

クノック　そうでしょうか。
パルパレ　もちろんですとも。
クノック　ともかく、あまり値切ってませんね。
パルパレ　確かに。その、こだわらないところが気に入りましたよ。それに、交渉は手紙で済ませて、こちらへは話が決まってからお出でになるというあなたの流儀。これにはすっかり惚れ込みました。紳士的と言いますか、これぞアメリカ流、そんな気さえしましたね。しかし、あなたには本当におめでたい話です。まさに棚からぼた餅ですからな。お客は安定してムラがない…。
夫人　競争相手はいない。
パルパレ　薬屋は決して出過ぎたまねをしない。
夫人　物入りなんてさらさらない。
パルパレ　金のかかる娯楽は一切ない。
夫人　半年もすれば、主人に払われる額の二倍は蓄えてらっしゃいますわ。
パルパレ　しかも支払い完了まで三ヶ月毎の四回払いを認めて差し上げるとはねえ！

（19-20）[2]

「お客は安定してムラがない」のは皮肉な事実だが、半年で借金の二倍の蓄えができるというのは大嘘である。手紙での交渉で、むろんパルパレは数少ないお客の支払い日が九月末のサン・ミシェルの日と決まっていることを伏せておいたに違いない。で、今は十月の始めである。たまにしか来ないお客の支払いは一年先なのに、パルパレへの債務の返済は三カ月毎である。

クノック　騙された時は、我が身を責めるだけです。

夫人　騙された！　何とかおっしゃい、あなた。言っておやんなさい。(31)

パルパレがクノックを騙して、あるいは同じことだが、まっとうな取引なら当然買い手に伝えるべき事実を故意に言い落として医院を売りつけたことは、第三幕でも触れられており、当事者同士の間で確認されている。三カ月ぶりにサン・モーリスを訪れたパルパレは、病院に改装された鍵ホテルでクノックの繁盛ぶりを目の当たりにして言う。

パルパレ　もう、あなたを「騙した」なんて非難なさらんでしょうな。

クノック　その魂胆はございました、ねえ、先生。

パルパレ　わたしが椅子を譲って差し上げたことは否定なさるまい。さてその椅子がなかなかの

値打ち物だった。（142）

パルパレ夫妻は、手紙による交渉だけでオンボロ医院を値切りもせずに買ったクノックを、くみしやすしと侮ったのであろう。言葉巧みにオンボロ自動車をも高く売りつけようとする。だが、その言葉とは裏腹に、自動車はクノックの目の前で、そのオンボロぶりを隠しようもなくさらけ出す。ぼろを出すのは自動車だけではない。パルパレ夫妻は、サン・モーリスへ向かう道中、商談の成立した物件がいかに値打ちのない代物であるかを、うっかり口をすべらすというよりも、むしろ得意気にばらしてしまう。リュウマチだらけの土地と聞いて、「それは耳寄りな話だ」と身を乗り出すクノックに、「ここの連中、リュウマチなんかで医者へ行こうとは考えもしません。あなた、坊さんに雨乞いを頼みはせんでしょう」と、事もなげにパルパレは言ってのける。

クノック　それでは肺炎とか肋膜炎で埋め合わせをしないと…。（23）

少し不安になったクノックに、パルパレは「安定してムラのない客筋」の実態を得々と明かす。

パルパレ　滅多にないですなあ。ご存じのとおり気候が厳しいもので、やわな赤ん坊は生まれて半年以内に死んでしまいます。もちろん医者の出る幕はありません。生き残ったのは、うんざりするほど丈夫な連中です。ただし、卒中とか心臓病はあります。もっとも、まさか自分がそうだとは夢にも思わんですからね、五十歳ぐらいでポックリいくのです。(24)

むろん、頓死の人間に医者の手はいらない。

パルパレ　他にはと、…先ず流感ですな。並の流感じゃありませんよ。そんなものは屁とも思わんどころか、喜んでかかりたがります。連中の言うには、汚れた体液を排出してくれるんだそうで。ですから、わたしの申し上げたいのは、世界的大流行の流感です。(24)

パルパレ夫妻は、一九一八年から猛威をふるい始めたスペイン風邪の時、自分たちが手がけた患者の死亡率の高さを誇り、サン・ミシェルの日にいかに結構な実入りがあったかを自慢する。この時はじめてクノックは支払いが年に一度であることを知らされるのである。驚いて問いただすクノックに追い撃ちをかけるような答えが返ってくる。一回診察に来ただけの客でも支払いはサン・ミシェルの日であり、しかも大抵の客は一回こっきりなのである。クノックの期待する「常連客」など思いも及ばないと一蹴され、いかにも新米医者の考えそうなことだと、その甘さをからかわれる。

オンボロ自動車が異常な破裂音を連発して、ついにはエンストを起こす。それと呼応して、医院のオンボロぶりがパルパレ夫妻によって暴露されてゆく。夫妻のさりげない一言一言が、テンポの良い破裂音となってクノックを追い詰める。観客の笑いは、こうして少なくとも第一幕の前半までは、騙されたクノックに向けられるはずだ。

二

クノックがパルパレに騙されたことは、このように動かしがたい事実であるかにみえる。にもかかわらず私には前々から、本当にクノックは騙されたのだろうかという疑問がある。疑問というより、それはむしろ、クノックは騙されたのではないという直感的な確信に近い。パルパレごときに手もなく欺かれるクノックと、第二幕以降で見せる円熟した詐欺師クノック。両者のギャップはいかにも大き過ぎる。

ピエール・シャルトン氏は、その論文「『クノック』と『ドノゴー』におけるドラマトゥルギーと認識論」[3]のなかで、二つの戯曲に共通する構造が存在することを指摘し、それぞれの主人公クノックとラマンダンにおける思考・行動パターンの共通性をあげている。

自己の存在の無意味に悲観して自殺を志願するラマンダン、そして、パルパレに騙されて患者のいない医院を買う羽目になったクノック。いずれも窮地に追い込まれ、存在の危機に直面する。だが、その危機を踏み台にして、いずれも逆転の勝利をおさめる。これが、シャルトン氏の指摘する共通性である。ドノゴー・トンカが実在しないならドノゴー・トンカを作ればいい。患者がいないなら患者を作ればいい。常識の逆手を取る、こうした逆転の発想は、確かにジュール・ロマンの得意技ではある。

しかし私は、シャルトン氏の論文の主旨には概ね賛同しながらも、「クノックがパルパレに騙されて窮地に追い込まれた」という彼の議論の前提に関して、敢えて異論を唱えることから先ず始めたいと思う。これは私自身が前から抱いていた疑問を改めてテクストに即して検証し、「直感的な確信」などという怠惰で曖昧な物言いに代えて、少しは根拠のある論証を試みるためでもある。

そして、もしも騙されたのでないとすれば、何故クノックは騙されたふりを装ったのかが問題となるだろう。パルパレのみならず観客をも欺いて騙され役を演じてみせたとすれば、そこには何らかの狙いがなければならない。クノックの戦略がひそんでいなければならない。当然、『クノック』の作者ジュール・ロマンの戦略も見出せるはずである。問題の性質上、とりあえずは第一幕に焦点を合わせて検討を始めることにする。

三

もう一度、論点を整理しておこう。クノックがパルパレに騙されたと仮定して、それはどの事実（あるいは嘘）を指してそのように言えるのか。考えうる事実は次の二点に尽きる。

（一）パルパレ（夫人も含めて）は、クノックとの手紙による交渉を通じて、患者がいなくて閑古鳥が鳴く医院を後者に売った。その際、前者が取引を有利に運ぶために、その医院があたかも繁盛しているかのように装ったであろうことは、第一幕のやりとりからも十分に推察される。

（二）パルパレは、手紙での交渉において、患者の支払い日が年に一度（九月末のサン・ミシェルの日）であることをクノックに伏せておいた。契約が成立した今（十月始め）になって、その事実をクノックに知らせた。

パルパレは、サン・モーリスの流行らない医院を売り払ってリヨンで開業するために、買い手であるクノックに対し、事実を粉飾し、肝心なことを隠していた。これは明らかに詐欺行為であり、ペテンである。パルパレはクノックを、騙す意図をもって騙したのであり、パルパレには当然、加害者としての自覚があるはずだ。しかしながら、それはあくまでパルパレの主観である。「パルパレがクノックを騙した」という言説と、「クノックがパルパレに騙された」という言説とを、混同してはならない。問題は、クノックの側に「騙された」被害者としての意識があるか否かである。

まず、(一)の点に関してはどうか。

第一に、クノックは理論家である。彼の方法は、彼の理論から導き出されたものだ。その理論とは、クノックが、クロード・ベルナールからの引用ということにして、彼のいわゆる「学位論文」のエピグラフに引いた例の名文句、「健康な人間は自覚のない病人である」(33)によって端的に示されている。薬剤師ムスケを驚嘆させたように「『病気になる』というのは、現代の科学的データの前ではもはや通用しない古い観念」(87)であり、「『健康』とは、我々の語彙から抹消しても何ら差し支えのない単なる言葉に過ぎない」(87)のである。

このような確固たる理論に基づく斬新な方法を持つクノックにとって、パルパレの医院に患者がいないことなど何の障害にもならないはずだ。「まったく新しい方法を適用するつもり」(32)のクノックには、中途半端な患者を引き継ぐより、むしろゼロからの出発の方が都合がよい。クノック自身もパルパレに言っている。「ゼロからの出発を余儀なくしてくださったので、実験はますます興味津々ですよ」(38)。壊す手間が省けるぶん、土地は更地の方がいいに決まっている。

第二に、これはうっかり見過ごしてしまうおそれがあるが、第二幕でクノックが用いる小道具はすべて、彼は最初からこれを持参していたのである。パルパレの運転手ジャンがクノックの荷物を車に積み込もうとするときに、「その箱は大事に頼みますよ、割れ物が入っているのでね」(14)と、クノックが特に注意を促した、あの大きな箱のことを思い出そう。ベルナール教諭を怯えさせたスライドも、映写機も、そして、新任の医者を冷やかしに来た不埒な元気者を震え上がらせることになる、あの反射鏡付き喉頭鏡や人体解剖図も、なにもかも、あの大きな箱に納まっていたのである。むろん、講演会――クノックの教唆に従ってベルナール教諭が生真面目に講師役を務めたであろう講演会、病気に対する住民の無頓着な楽天主義を根こそぎ揺さぶることになったであろう講演会のための「完璧な」メモや「仕上がった」原稿も、サン・モーリスに乗り込む前から周到に準備されていたのである。

第三に、クノックの卓越した才覚にも言及しておかねばならない。患者から、無理なく、しかも最大限に金を搾り取るためにクノックが行った住民の所得調査は、その正確さにおいて徴税役人の到底およぶところではなかった。その調査方法の一端は、「黒い服の婦人」や「紫の服の婦人」からその所得額や資産状況を何気なく聞き出すクノックの巧みな話術に遺憾なく発揮されている。広告屋、教諭、薬剤師を次々と丸め込み、手なずけて、前任者パルパレに対する不満を自覚させ、醸成する。と同時に、自らの忠実な協力者となるよう洗脳してゆく。この才覚も、一朝一夕に磨き上げられたものではあるまい。

さらに、サン・モーリスの住民が「裕福でケチだ」というのはパルパレから得た情報の一つではあるが、無料診察という天才的な発想は、その情報をヒントにクノックがその場で思いついたものだとは考え難い。サン・モーリスは炯眼のクノックが目を付けた土地である。パルパレに教えられずとも、この土地の風土や住民の気質について、相当のことを事前に察していたのではないか。それどころか、広告屋をたいそう喜ばせ、舌を巻かせた彼の事情通ぶりや、あの周到にして緻密な所得調査から推測するに、あるいはクノックは、ひそかにこの土地を下見に来ていたのではないか、とさえ思われる。だが、そこまで言うと、これは推測の域を越えて単なる憶測になってしまうのでやめておこう。

まとめて言うならば、クノックは、その才覚は言うに及ばず、自らの理論と方法と、それを実践するために必要な小道具のすべてを、サン・モーリスへ乗り込む以前に身につけていた。したがって、パルパレが閑古鳥の鳴く医院をあたかも繁盛しているかのように見せかけたことは、クノックをいささかも窮地に陥れたことにはならないのである。パルパレと観客はともかく、少なくともクノック自身は、パルパレの意図を見透かしつつも、この（一）の点において自分がパルパレに騙された被害者だとは露ほども思っていないのである。このことを、まず明らかにしておきたい。

では、（二）の点についてはどうか。

これには、さすがのクノックも面食らったであろう。この点をもクノックが見とおしていたなどと強弁するつもりはない。クノックは騙されたのである。彼には成算があったはずだ。三カ月もあれば、パルパレへの借金返済など物の数ではないだろう。だが、たとえサン・モーリスを丸ごと自分の患者にすることが出来たとしても、患者の支払い日が一年先では、三カ月後にやってくる一回目の返済日を切り抜けることは到底かなわない。これはアポリアである。解決不可能な難問である。クノックは窮地に追い込まれた。

クノック　あなたのお得意さんですが、まだ間に合うものなら、車同様、何の未練もなく諦めたいものです。(30)

さて、この台詞がクノックの本音であれば、彼は、パルパレが仕掛けたペテンの罠にかかった哀れな被害者となる。そうだとすれば、追い詰められた被害者クノックは存在の危機に直面し、その危機を踏み台に発想の転換をはかり、自らの苛酷な運命を引き受けながら最後には、安手の復讐劇よろしく、パルパレを重病人に仕立てて借金を棒引きにし、逆転の勝利を収める、ということになるのだろうか。

しかし、どうも腑に落ちない。そもそも、前述のように、才覚と理論と方法と必要な小道具とを一式揃えて乗り込んできたクノックである。見た目にもそれと分かるポンコツ自動車を高く売りつけようとするパルパレ夫妻の法螺話を「礼儀正しく、平然と」(15) 聞き流していたクノックである。患者がいないという、夫妻の人を喰った話に一応は驚きを装いつつも、実は内心そのほうが好都合だと思ったに違いないクノックである。いまさら、詐欺師の風上にもおけないパルパレのこすからい手口に悲鳴をあげ、たとえ一時的にせよ、哀れな被害者の地位に甘んじたりするだろうか。くどいようだが、やはりここでも、クノックの側に「騙された」被害者としての意識があるか否か、が問われなければならないだろう。以下、テクストを追いながら、その点を検証してみよう。

四

パルパレは、ここにおいて、ケチな詐欺師としての正体をさらけ出した。パルパレ＝加害者、クノック＝被害者、という図式が完成した。クノックの「騙され役」は完璧に演じられ、観客は、追い詰められてゆくクノックを、安心して笑うことができた。ところが、図式が完成した途端、それがどうやら表面的なものに過ぎないのではないかと思えてくる。クノックという男の捕らえ所がなくなり、見極めがつかなくなる。この男は、騙されたふりをしながらパルパレを、そしてついでに観客を、欺いているのではないか。第一幕の後半は、こうして、観客を少々居心地の悪い戸惑いと混乱に引きずり込むことになる。

もっとも、たとえ表面的なものであれ、前記の図式が崩れたわけではない。詐欺的商法で債権者となったパルパレ、返済の目処が立たない借金を抱え込んだ債務者クノック。両者の立場に変わりはない。にもかかわらず、クノックの口からは、それらしい弱音を聞くことは出来ない。それどころか、これまで寡黙で控えめだった男が、一転して饒舌になる。逆襲が始まったのである。まずは、パルパレの理不尽な慰めの言葉に対して最初の一撃が加えられる。

パルパレ　〔クノックの腕に手を置きながら〕いいですか、先生。ここの客筋ですがね、最高ですよ。当てにしないで済みますから。
クノック　当てにしないで？　面白いことをおっしゃる！
パルパレ　つまりこうです！　わたしの言いたいのは、患者の二、三人いたところで、明日には治るかもしれません。いなくなれば家計はガタガタ、そんな患者に振り回されないで済むということです。
クノック　（中略）事態はそろそろ明白になってきましたね。先生、あなたが数千フランで譲ってくださったお得意さん——支払いは未だですがね——これはどこからみても、この車とそっくりです。〔優しく車を叩く〕十九フランだと高くはないでしょうが、二十五では割高だと言えましょうね。〔面白半分に車を眺める〕どうです！　太っ腹なところを見せて、三十出しましょう。
パルパレ　三十フラン？　わたしのトルペードが？　六千だって手放しはしませんよ。

クノック　〔申し訳なさそうな様子で〕だろうと思いました！〔再びオンボロ車を見つめる〕それじゃこの車を買うわけにはいきません。
パルパレ　せめて、まともな値を付けてもらえれば！
クノック　残念です。ブルターニュ風の戸棚に改造しようかと思ったのに。(28-30)

騙された男の単なる負け惜しみでないことは、ト書きが雄弁に語っている。クノックがパルパレの車に付けた値は、実は、パルパレという人物にクノックが付けた値ではないだろうか。向こう見ずにもクノックを見くびってポンコツ自動車をも売りつけようとしたパルパレの未熟さをからかい、その詐欺師としての腕前をポンコツ並みと評価した、その鑑定結果としての値ではないだろうか。それはともかく、これより先のクノックの台詞や態度には、自らを被害者として意識しているような気配はあまり感じられないのである。

そういえば、さきほど、クノックの口からはそれらしい弱音は聞かれないと述べたが、これには但し書が必要である。どう表現すればいいか、つまり、弱音らしい台詞は吐くのだが、それはパルパレには本音と思わせながら、観客には括弧付きの弱音であることを臭わせる、そういう類の弱音なのである。パルパレと観客の双方に聞かせながら、その意味合いが微妙に異なる、そんな台詞である。分かりやすい例を一つ示そう。

サン・モーリスの支払い日に関する慣習と返済期限とのアポリアを指摘するクノックに、パルパレが「でも蓄えがうんとおありだろうに?」と言う。これにクノックは次のように答える。

クノック　全然。仕事で暮らしを立ててます。というより、早くそうしたいと願ってます。ですから、あなたに売りつけられたお得意さんの神話的な性格が恨めしいのです。実は、まったく新しい方法を適用するつもりでいましたからね、なおさらですよ。〔しばらく考え込んだあと、独り言のように〕[4] なるほど、問題の局面は絶えず変わるものだ。(32)(傍点筆者)

ト書きにある「独り言のように」は、何を意味するか。「独り言」ではないのだから、当然パルパレの耳にも届く台詞である。つまりこれは、パルパレと観客双方への、ニュアンスの異なるメッセージなのだ。

パルパレには、そのまえの台詞と相俟って、謎めいた弱音と聞かせ、加害者であることを再度自覚させながら、相手の出方が予測出来ないときに覚えるような、ある種の不安を抱かせる。追い詰められて逃場を失った相手は何を仕出かすか分からない。パルパレの次の台詞は、その不安を端的に示している。

パルパレ　もしそうなら、あなた、早まってやけを起こすのは余計に間違いのもとですよ。そうやってすぐ落胆なさるのは、とりもなおさず、あなたに経験がないためです。(32)

一方、観客に対してはどうか。もとより、哀れな犠牲者に同情を請うメッセージではない。観客は、何を考えているのか掴みかねる正体不明のこの男に、決して同情などしない。それに彼は、どうやら観客の一枚も二枚も上手を行くように見える。それにしても、この局面をどうやって打開するつもりなのか。こうした観客の好奇心に対するクノックの「独り言もどきの」メッセージは、これから局面が変わることを悪戯っぽく暗示するウインクなのである。もっと思い切って言えば、観客だけに向けて「しっ！」と人指し指を唇に当てて見せる、あの仕草なのである。あたかも「わたしが何者であるか、お気づきの方はどうか黙っていて下さい」とでも言うように観客を、共犯ではないまでも、せめて見て見ぬふりをしてくれる従犯として、自らの企みに加担させるかのようである。

確かに、この男は何かを企んでいる。しかも、ただ単に苦境を脱するための企みではなさそうだ。そういうレベルを越えた、何やら計り知れないことを考えているらしい。というのも、いわゆる「独り言」に続く展開が、いささか奇異な印象を与えるからである。医学の知識や経験に関するパルパレ夫妻の質問に対する応答は、意表を突き、奇想天外である。クノックが発する問いはパルパレが指摘するとおり「途方もなく」、第一幕の最後で急に興奮してサン・モーリスへ一刻も早く着きたがる、あの心境の変化は不可解でさえある。むろん、こうした展開を仕切っているのはクノックであり、夫妻の質問を引き出しているのも実はクノック自身の饒舌なのである。彼が寡黙から一転して饒舌になったことは指摘したが、寡黙が時に何かを隠すとすれば、饒舌もまた時に何かを企むのではないか。

一九二三年十二月十五日の初演以来二十五年間にわたってクノックを演じ続けたルイ・ジューヴェが、「本物の芝居の主人公は皆そうなのだが」と幾分遠慮がちに断りながらも、「クノックは今日もなお私にとって謎である」と語っている。ジューヴェの言葉は、特にいま問題にしている場面のクノックについて述べられたものではないが、この人物の底知れぬ不気味さについての心強い証言である。

『ドノゴー・トンカ』でもジュール・ロマンの「カニュラール」に関して触れたが、仕掛けて人を担ぐのは彼のお家芸なのであり、アンドレ・キュイズニエによれば、高等師範時代に仕掛けたカニュラールの傑作「新入生の検診」が『クノック』のデッサンになったということである。ここで再びその話を繰り返すつもりはない。ただ、いま問題となっている場面について、ここにはカニュラールの達人ロマンの手によって何らかの仕掛けが施されているのではないか、と考えたいのである。仕掛けがあるものと仮定して、誤解を恐れずに、それを読み解く試みをしてみたい。それに、「クノックが何やら計り知れないことを企んでいるらしい」では、収まりがつかない。

それでは、もう一度、議論の道筋に戻ることにしよう。クノックは「独り言もどきの」台詞によって、パルパレと観客の双方に異なるメッセージを送った。それに続くクノックの奇異な言動は、彼の当面の関心事であるはずの「苦境を脱すること」とどのような接点を持つのか、あるいは持たないのか。接点があるとすれば、そこにはパルパレに対するクノックの戦略があると言える。一方、彼の言動が「独り言」以後も観客との接点を保ち続けるものであるなら、そこには観客に対するクノックの戦略が存在することになる。

五

「実は、まったく新しい方法を適用するつもりでいましたからね、なおさらですよ」

「独り言」の直前に、クノックはこう言ったのだった。「方法」とは、この段階ではパルパレにも観客にも想像がつかないが、もちろん我々のよく知っている例の「方法」である。クノックが彼の「方法」をこの場で思いついたのではなく、それを「適用する」つもりでサン・モーリスへ乗り込んできたことについては、すでに述べたとおりである。その意味では、この台詞はクノックの本音である。しかし、それにしても、この台詞は妙だ。辻褄が合わないのだ。パルパレの医院に患者がいないことは彼の「方法の適用」にとって何の障害にもならないのだし、パルパレへのローンの第一回返済期日が三カ月後なのに患者の支払い日が一年先という当面のアポリアは、「方法の適用」と何の関係もないではないか。ローンの返済ができなくても、方法は適用できるのだから。それとも、せっかく斬新な方法を適用するつもりだったのに、これでは諦めざるを得ない、つまりパルパレとの売買契約を破棄せざるを得ない、ということだろうか。なるほど常識的には、こういう場合、契約破棄が妥当な解決策である。ところが、この解決策は、はなから問題外なのだ。第一、それでケリがつくなら芝居はここで幕となる。

まえに示したクノックの台詞を、再度、原文とともに見てみよう。

「あなたのお得意さんですが、まだ間に合うものなら、車同様、何の未練もなく諦めたいものです」

Quant à votre clientèle, j'y renoncerais avec la même absence d'amertume s'il en était encore temps.

契約を破棄できれば助かるが、もう手遅れだ、ということを条件法の使用が表わしている。つまり、騙したパルパレに加害者意識を植えつけながら、この解決策がもはや論外であることをクノック自身が確認しているのである。それに、この台詞は彼の本音ではなかろうという読みで、私はこれまでの議論を進めてきたつもりだ。クノックは、たとえ「まだ間に合う」としても、パルパレの「お得意さんを諦める」つもりは毛頭ないのである。その証拠を明示する前に先走って言うと、契約破棄という解決策は、クノック自身がこれを度外視しているのである。

してみると、当面のアポリアと「方法の適用」とは、やはり別問題であり、「独り言」の直前のクノックの台詞は、辻褄の合わない、怪しい言説なのだ。これがクノックの仕掛けだ、と言えば性急に過ぎるだろうか。しかし、ここで初めて口にした「方法」méthodesという語を、クノックはこのあと二度も繰り返すことになる。この語が最初に用いられた言説の怪しさに着目しさえすれば、これが仕掛けのキーワードであることは誰の目にも明らかとなろう。

クノックが果たして騙されたのかという問題に立ち戻ると、彼は確かに騙されたと言える。だが、騙された被害者としての意識があるか否かを問うならば答えはノンである。彼にとって、パルパレが突きつけたアポリアは単なる「局面の変化」に過ぎない。クノックが「独り言のように」語ったとおり、「問題の局面は絶えず変わるもの」なのだ。刻々変化する局面に即座に対応しなければ、ひとはクノックにはなれない。被害者の感傷に浸っていては、ひとはクノックにはなれないのだ。

彼は、新たな局面にすかさず対応する。そしてもう一度局面をひっくり返すべく、「方法」というカードをちらつかせて、アポリアの解消を賭けた勝負を仕掛けているのである。二度にわたって繰り返される「方法」という語は、それぞれの目的にしたがって用いられることになる。すなわち、一度目は方法をいかにして獲得したかを、そして、二度目は方法の有効性をいかにして確かめたかを、ポーカーフェイスで仄めかすためである。

以下に引くのは、クノックが「方法」の入門指導と引換えに借金を帳消しにしようと企てた、パルパレに対する戦略のあらましである。なお、傍点はいずれも筆者による。

クノック　現在のわたしの方法も、そこから生まれたものです。

パルパレ　方法を持っておられる？　ぜひ教えてもらいたいものですなあ。

クノック　宣伝はいたしません。それに、大事なのは結果だけですから。(37)

クノック　わたしの方法が実験によって確かなものと分かったとき、一刻も早く、それを陸地で、しかも大々的に適用してみたいと、ただそれだけを考えました。(41)

夫人　で、あなたの方法とやらをここで実行なさるおつもり？

クノック　そのつもりでなければ、奥さん、一目散に逃げ出して、二度とあなたがたには捕まりませんよ。無論わたしだって大都会の方がいいですからね。

夫人　〔夫に〕リヨンへ行くんだから、あなた、博士の方法のことを何か教えてもらうわけにはいかないの？　借りができるわけじゃなし。

パルパレ　だが、クノック博士はそれを教えたくて仕方がない風にも見えないんでねえ。
クノック　〔しばらく考えてからパルパレ医師に〕お気持ちをくんで、こんな協定を提案してもいいんですよ。現金で支払うっていうのはいつになるやら分かりませんしね、その代わりに、現物で支払う、つまり、一週間あなたをそばにおいて、わたしのやり方[6]の手ほどきをして差し上げる。
パルパレ　〔むっとして〕ご冗談でしょう、先生。あなたこそ一週間もしたら手紙でわたしに助言を求めてくるでしょうよ。（42-43）

洞察力にも想像力にも欠けるパルパレには、クノックの方法の凄さを見抜くことが出来ない。わずかに食指が動くが、目先の債権に執着して好機を逸してしまう。ここで、またもや、問題は新たな局面を迎えることになる。局面の変化へのクノックの対応は、今度はあの「途方もない」質問の数々となってあらわれる。

それはさておき、クノックの仕掛けのメカニズムは、どうやら予想以上に複雑である。パルパレに対する仕掛けを覗いただけでは、彼の戦略の全貌を見届けたことにはならないのではないか。「独り言」による観客へのウインクは、その後の彼の奇異な言動と無関係だとは考え難い。てっとり早く言ってしまえば、パルパレに対する戦略と並行して、観客に対する戦略が施されていると思われるのである。クノックとパルパレ夫妻との問答がいささか錯綜した印象を与えるのは、まさに、この二重構造の故ではないか。

六

第二幕からのクノックを知っている我々からみれば、クノックは卓越した詐欺師である。だが、第一幕の前半まで「騙されたクノック」を笑ってきた観客にすれば、この後半部を抜きに、いきなり第二幕のクノックと再会させられたのでは、その変身は理解しがたいものとなる。このギャップを埋める必要を作家は感じたに違いない。第一幕のクノックと第二幕以降のクノックとの同一性を保証しなければならない。「何やら計り知れないことを企む男」から一歩進んで、「パルパレを上回る詐欺師」であることを、それとなく、つまりパルパレに気づかれないように、観客に伝えねばならなかったのだ。伝達は明示的であってはならない。少なくともパルパレを凌ぐ洞察力と想像力を備えているであろう観客への暗示、仄めかしという手段に頼らざるを得ない。これはまた、クノックに課せられた新たなアポリアである。

私は、残念ながら、まだ一度も『クノック』の舞台を見たことがない。[7] したがって、この場面がどのように演出されたのか、クノックがどのように演じられたのか、まったく見当がつかない。しかし、俳優の身振りや表情がどうであれ、テクストを素直に読めば、観客に対するクノックの戦略は自ずと浮き彫りにされるであろう。それだけの仕掛けをジュール・ロマンは書き込んでいるはずなのだから。

では、「独り言もどきの」台詞をキューに観客への仕掛けが始まったものとして、それからのクノックの言説をあらためて読み直してみよう。

以下、クノックとパルパレ夫妻との問答を示しながら話を進めることにする（台詞の後ろの※印は訳を簡略化したことを示す）。その際、前章で引いた箇所との重複が生じるが、やむを得ない。

パルパレ　あなたには経験がない。青春の夢に惑わされている。※

クノック　あなたのお話は間違いだらけですね、先生。まず、わたしは四十歳です。わたしに夢があるとしても、それは青春の夢じゃありません。

パルパレ　いいでしょう。しかし、あなたには未だ一度も実地の経験がない。

クノック　それも違います。

パルパレ　何ですと？　この夏に学位論文の審査を受けたばかりのはずだが。※

① クノック　ええ、八つ折り判で三十二頁、『いわゆる健康状態なるものについて』。エピグラフはこうです。クロード・ベルナールからの引用ということにしておきましたがね。「健

康な人間は自覚のない病人である」[8]。

②
パルパレ　意見が一致しましたな、先生。
クノック　わたしの理論の主旨について？
パルパレ　いや、あなたが初心者だということについて。（32-34）

クノックという人物に関してパルパレは何を知っていたか、もしくは知っているつもりだったか。ほんの数カ月前に学位論文の審査を受けたばかりだということは交渉時の手紙で知らされていたようだが、それ以外のことは実は何も知らないのだ。クノックが経験のない新米医者だというのは、知らされたことから判断したパルパレの勝手な思い込みなのだ。クノックは、パルパレの先入観に基づく誤った言説を次々と否定し、覆しながら「真正の」自己を語り始める。パルパレが描いた似も付かぬ肖像画の粗描を塗りつぶしながら、自らの手で自画像を描き始める。

何も知らなかったのは観客も同じである。だが、「独り言もどきの」ウインクを送られた観客は、クノックの自画像などには大して興味のないパルパレと違って、クノックの語りに耳を傾ける。すると、クノックの言説は必然的に二重構造となる。パルパレと観客に対して、それは別々の意味を持つことになるからだ。

たとえば、①と②の言説がパルパレに与える新たな情報は皆無だが、観客には極めて重要な情報を提供している。すなわち、「健康な人間は自覚のない病人だ」というのがクノックの理論の主旨であり、それを事もあろうに実験医学の創始者クロード・ベルナールからの引用と偽って、審査を受けたという学位論文のエピグラフに用いた、というのである。「理論」の奇怪さもさることながら、偽りの引用を付した論文が審査にパスするはずもない。果たして論文を書いたかどうかも怪しいものである。

クノック　学問は最近だが、実技については、わたしの門出は二十年前に遡る。※
パルパレ　博士号免除の制度は、とっくの昔に無くなっている。※
③クノック　いいえ、わたしは大学の入学資格を持ってたんです。
　夫人　大学の入学資格を持った医者など、あったためしがない。※
③クノック　文学の入学資格でございまして、奥様。
パルパレ　じゃあ資格もないのに、モグリでやってたんですか。
④クノック　それどころか公然と。片田舎でなく7千キロの範囲にわたって。※
パルパレ　わかりませんな。(34-35)

③と④は、はぐらかしである。質問の核心を外して答える、騙しのテクニックである。案の定パル

パレは煙に巻かれ、狐につままれたような催眠状態に陥ることになる。ここでクノックは身の上を語る。ロマンス語の学業放棄を余儀なくされ、マルセーユの百貨店で店員となるが、その職も失ったと言う。

　クロード・ベルナールは、若い頃に文学を志し、戯曲で身を立てたいと願ったことが伝えられている。[9] 生活費を稼ぐために、リヨンの薬局で店員として働いたこともある。彼が生理学者になったのは、いわば不本意ながらのことであった。クノックは、ここでも、実在した大学者に似せて自画像の筆を進めるのである。彼が「実験」という語を好んで口にするのも、彼の戦略の一部なのだ。

クノック　二十年前、失業中に「インド行きの汽船・求む医者・博士号不要」の広告を見た。あなたがわたしの立場だったら、どうなさったでしょう。※

パルパレ　どうって、多分、何も。

⑤ クノック　そう、あなたには、そんな素質はなかった。わたしは応募しました。曖昧な状況が嫌いなもので、中へ入るなり、はっきり言いました。「皆さん、わたしは博士だと皆さんに言っても構わないのでしょうが、わたしは博士ではありません。それにもっと重大なことも白状してしまいますと、実はわたしの学位論文のテーマがどうなるか未だ分からないのです」。彼らが答えて言うには、博士の称号には執着しない、わたしの

学位論文のテーマなど全く問題にしない。そこで、すかさず言い返します。「博士ではありませんが、威信と規律上の理由から、船では博士と呼んで頂きたい」。皆、至極当然だと言います。しかし、にもかかわらず、十五分間わたしは理由を説明し続けます。何故に、後ろめたい気持ちを克服し、正直わたしには権利のない博士という呼び方を要求するか、その理由をです。その結果、三分の残り時間で報酬の話をまとめるのがやっとでした。

⑥ パルパレ　しかし本当のところ何の知識もなかったわけでしょう？（35–36）

医学の「い」の字も知らないのに、船医に応募する。パルパレにはそんな芸当は出来ない。クノックはこれを「素質」（la vocation）の問題だとしている。つまり、詐欺師としての適性がパルパレにはない、と言っているのだ。本物の詐欺師とはこういうものだという範を垂れ、格の違いを見せつけるのである。

騙すには先ず、相手の信用を得ねばならない。機先を制する彼の「正直な告白」は、面接員に好感を与えるとともに、彼が医者の卵であるとの不動の先入観を植えつける。あとは自分のペースで面接時間を潰すだけだ。こうして、小さな正直が大きな嘘を隠蔽する。むろん、クノックの語る身の上話や経験が真実である必要はない。胡散臭い話だと観客に思わせれば、むしろクノックの思う壺なのだ。⑤の言説は、「騙り」の戦略であると同時に「語り」の戦略でもあるのだ。パルパレの真面目で間の抜けた質問⑥は、聡明な観客には思いも及ばないだろう。分かりきったことなのだから。このように、クノックの語りの二重構造は、徐々にその輪郭をあらわにしてゆく。⑥の愚問は、しかし、クノックの自画像にまた新たな彩色を施す機会を与えることになる。

⑦　クノック　誤解のないようにしておこう。子供の頃から、新聞の医療広告や薬の広告、丸薬の使用法などを夢中で読んだ。九歳にして便秘症の排便不全に関する長たらしい文章を暗記した。こういう文献のお蔭で業界の言葉遣いにも慣れ、医学部の教育などでは、学問の雑多な知識の山に埋もれて見えない医学の真の精神、真の使命に目覚め、十二歳で正しい医学感覚を身につけた。現在のわたしの方法もそこから生まれた。※

⑧　パルパレ　方法を持っておられる？　ぜひ教えてもらいたいものですなあ。

⑨　クノック　宣伝はいたしません。それに、大事なのは結果だけですから。今日、ご自身の証言によれば、あなたは患者無しの医院を譲って下さるわけです。一年後にわたしがこれをどうしたか見にお出でなさい。証拠は歴然たるものになるでしょう。ゼロからの出発を余儀なくして下さったので実験はますます興味津々ですよ。(36‒38)

クノックが目覚めたと語る「医学の真の精神と使命」、身につけたと称する「正しい医学感覚」、そこから編み出した「方法」。⑦の言説も、パルパレには⑧の気乗り薄な反応しか呼び起こさないが、観客には、クノックが描く自画像の一層鮮明なイメージを映し出す。それは、実在した生理学者の像とは、ますます似て非なるものとなる。

『実験医学研究序説』の冒頭で、クロード・ベルナールは医学の使命について、こう書いたのである。

Conserver la santé et guérir les maladies : tel est le problème que la médecine a posé dès son origine et dont elle poursuit encore la solution scientifique.[11]

「健康を維持し、病気を治す」。これが当初から医学に課せられた問題であり、今もなお、その科学的解決を追究しているのである。

クノックの「理論」、すなわち「健康な人間は自覚のない病人である」は、クロード・ベルナールの言説の見事な陰画である。見事な、というわけは、一見したところ奇怪な印象を与えるこの陰画もまた、ひとつの真理であるからだ。黒と白は反転しても、形状は同じなのだ。

クノックが医学の使命に目覚めたのは「子供の頃から医療広告や薬の広告を夢中で読んだから」だと言う。彼の言説の真偽はもはや問題ではない。問題なのは「広告が医学の何たるかを教えた」というその中身である。健康への過度の関心が、ありもしない病気を作るという逆説の真理は、今も昔も変わらない。健康への関心をそそる商魂逞しい広告は、今に始まったことではないのだ。この真理を我が物にしたクノックには、医学の使命をすり替えることなど造作もないことである。こうして、クロード・ベルナールの言説は見事に陰画化される。すなわち「健康を維持し、病気を治す」から、「健康をなくし、病気を維持する」へと反転させられる。前に見たとおり、クノックにとって「健康」は実体のない空疎な言葉に過ぎず、「病気になる」とは時代遅れの古臭い観念なのだ。人間は病気になるのではない。自覚するしないにかかわらず、常に病気なのである。医学の使命はその病気を維持することに他ならない。あとで示す台詞⑩の原文は次のとおりである。

Bref, j'estime que, malgré toutes les tentations contraires, nous devons travailler à la conservation du malade.（39）

la conservation du malade が、「病人の生命維持・看護」という字面とは裏腹に、まさにクロード・ベルナールの conserver la santé の誘惑に抵抗して、病人＝病気の維持を意味するのは明らかである。

さて、観客のなかには、健康を売り物にする広告や病気を維持する医者に思い当たって、膝を打つ者もいることだろう。観客に対するクノックの戦略は功を奏し、第二幕のクノックが観客に違和感なく迎えられるための伏線は敷かれたものと思われる。だがクノックは、これでも不安なのか、このあとさらに決定的な場面を用意するのである。それはまた、私が解明しようと試みた仕掛けのメカニズムを稲妻のように照らし出してくれるように思われる。

そのまえに、忘れるところだったが、パルパレは加害者だったのだ。⑨によって、クノックは観客に、そしてパルパレに、いま一度その事実を思い出させる。患者がいないことはクノックにはむしろ好都合だが、支払い日の問題がアポリアだった。パルパレに対しては、「方法」の入門指導と引換えに借金を帳消しにする戦略をとった。一方、観客に対しても、「独り言もどき」の台詞をきっかけにして、ある戦略が施された。「騙されたクノック」と「円熟した詐欺師クノック」とのギャップを埋めるための戦略である。二つの戦略はクノックの「語り（＝騙り）」をとおして同時に進められてきた。

七

夫人　でも、船にいらした時はどうやって切り抜けたんですの？

クノック　乗船する前の最後の二晩、よくよく考えました。船上での六ヶ月の実地経験は、わたしの考え方の正しさを立証する上で役に立ちました。病院のやり方とちょっと似てますね。

夫人　面倒をみる相手は大勢いましたの？

クノック　乗組員と、余り裕福ではない乗客が七人。全部で三十五人でした。

夫人　結構な数ですわね。

パルパレ　で、死者は出ましたか？

クノック　ひとりも。第一それは、わたしの主義に反します。わたしはね、死亡率減少の支持者でして。

パルパレ　われわれ皆そうですな。

⑩

クノック　あなたも？　おや！　これは意外でした。要するに、われわれは、あらゆる逆の誘惑にもかかわらず、病人の生命維持に努めるべきだというのがわたしの考えです。

夫人　博士のおっしゃることには一理ありますわ。

パルパレ　それで病人は大勢ありましたか？

クノック　三十五人。

パルパレ　全員じゃないですか。

クノック　はい、全員。
　夫人　でも船は、どうやって動きましたの？
⑪クノック　ちょっとした勤務日程表を作成しましてね。
〔間〕
⑫パルパレ　ところで、ねえ、あなた、正真正銘の博士なんでしょうね…。ここでは資格が必要ですから、こちらとしても厄介なことに…。もし本当は博士でないのでしたら、今すぐ打ち明けて下さったほうが…。
⑬クノック　わたしは正真正銘、堂々たる博士です。わたしの方法が実験によって確かなものと分かったとき、一刻も早く、それを陸地で、しかも大々的に適用してみたいと、ただそれだけを考えました。博士号が不可欠な形式だってことぐらい、知らないはずはなかったのです。
　夫人　でも、学問の方はつい最近だっておっしゃいましたよね。
クノック　あの時すぐ始めるわけにはいかなかったのです。生活のために、しばらくは落花生の商売に精を出す必要があったからです。(38-41)

キーになる台詞を流れの中で捉えるために、長々と引用した。重要なのは、⑫と⑬である。

パルパレは、いま話題になっている船上での実験が、博士の資格なしに行われたことを知っている。クノック自身がそう言ったのだった。では、現在も博士でないのではないかという疑惑を、パルパレはどの時点で抱き始めたのだろう。クノックの例の「独り言」以来、煙に巻かれた様子のこの男が果たして何かを考えたかどうか、はっきり言ってよく分からない。しばらく前からもやもやしていた疑念をついに口にしたというのではあるまい。全員が病人になったという、彼にはおよそ信じられない話に加えて、突拍子もない⑪の返答に唖然とする。沈黙が生じる。その間に、クノックの不可解な饒舌によって催眠状態に陥っていた男が、ふと我に返る。こんな訳の分からないことを言う人間が、果たして博士だろうか。こうして、パルパレにしては結構まともな問いを発した、ということであろう。

それにしてもクノックという男、危ない橋を渡るものだ。博士でないことを見破られたら、元も子も無くなるではないか。それとも彼は、自分で言うように、本当に博士なのか。博士号を持つ詐欺師がいても、別に不思議はないのだから。

少し話を戻してみよう。私には宿題が残っていた。

「まだ間に合うものなら、あなたのお得意さんを諦めたいものだ」と、クノックは言った。それは本音ではない、というのが私の読みであった。契約破棄という解決策はクノックの望むところではないと明言した。その証拠を示さねばならない。

ここまで議論を進めてきた我々にとっては今更の感もある。だが、「騙された」クノックがもし本気で契約解除を願うのであれば、騙した本人が持ちかけたクーリング・オフの話⑫は、まさに千載一遇の好機、地獄に仏ではないか。たとえ本当に博士だったとしても「実は…」と打ち明けてみせれば、懸案のアポリアは一挙に解決できるのだ。背に腹は代えられないのだから、この際、自尊心に構ってなどいられない。ところが、せっかくのクーリング・オフの機会を、クノックは⑬にみるとおり断固として斥けるのである。契約解除はクノックの眼中にない、これがその何よりの証拠である。

思うに、クノックはパルパレのこの問いを待っていたのだ。これを引き出そうと、わざわざ危ない橋を渡ったとしか考えられないのである。何のために？　二重構造を持つ仕掛けのメカニズムに、一瞬、強烈な照明を当てるためだ。

「本当に博士なのか？」。自ら仕向けた問いに、クノックは一つの返答によって、パルパレと観客との双方に意味の異なる二つのメッセージを送るのである。

わたしは正真正銘、堂々たる博士です。

Je suis bien réellement et bien doctoralement docteur.

この言葉は、まず、観客にはどのように聞こえるだろう。

直感を信じて言えば、クノックが何者であるかについて大方の見当がついているはずの観客にとって、この断固たる肯定は、逆に、決定的な否定の響きを持つ。それに彼は、この肯定をさらに補強するかのように、

博士号が不可欠な形式であることを知らないはずはなかった。
Je n'ignorais pas que le doctorat est une formalité indispensable.

と言っている。これには二つの難癖をつけることができる。「不可欠だと知っていた」ことは「博士号を持っている」ことを意味しない、という点が一つ。もう一つは「博士号は形式だ」という点である。言い換えれば、博士号は何ら実質的なものではなく、紙切れ一枚の単なる形に過ぎないということだ。となれば、証書を偽造しても構わないし、何らかの不正な手段を用いて手に入れたものでも構わない。もっと極端に言えば、証書などなくても、まさにクノックがたった今そうしたように「わたしは博士です」と断言すれば、それで済むのだ。

こうして、肯定の増幅は、もともと否定を意味する肯定なのだから、さらに否定を増幅させる効果を持つ。負の二乗は正であるが、あたかも虚数を二乗したかのように、負が実数として現出する。もっとも、このようなクノックまがいの言辞を弄するよりも、やはり直感を信じたほうが良さそうだ。

他方、パルパレに対しては、断固、肯定せねばならない。そして、二度と同じ問いをさせてはならない。パルパレには、この断固たる肯定の返事に敢えて疑問を差し挟む元気はない。一つには、せっかく有利に運んだ取引を中止したくないという欲もからんでいるが、もっと大きな理由がある。パルパレは騙した側、つまり加害者であるからだ。クノックは、折りにふれてパルパレにそのことを意識させてきた。パルパレの目に自らを被害者として位置づけることにより、その強みをここで最大限利用するのである。クノックが騙されたふりを最後まで続ける理由はここにあったのだ。博士か否かを問わせる際に、その問いが及び腰になるような、そういう布石をクノックは打ってきたのだ。この結果、パルパレのまともな質問も立ち消えになり、彼は安心してクノックを博士と見なすであろう。

現にパルパレは、このあと、クノックを「博士」le docteur と呼ぶことになる。では、それまでは彼をどう呼んでいたかというと、mon cher confrère（同業者への親しみを込めた呼び方であるが、訳では「先生」とした）である。⑤でも見たように、クノックは「博士」という呼び方に異常な執着を示している。彼にとって、「博士」の呼称は戦略の重要な一部を成していると考えられる。第一幕に限らず『クノック』という作品全体を通してみても、これは興味深い問題である。「博士か否か」の問いと係わる範囲に絞って、ここでは第一幕における呼称について少し整理しておこう。

パルパレは、クノックを一回だけ mon cher successeur（我が後継者）と呼ぶが、それ以外は「先生」が十七回、「博士」が四回である。因みに、パルパレ夫人は六回、一貫してクノックを「博士」と呼び、クノックはパルパレのことを、開幕直後に一回「博士」と呼んだだけで、あと四回は「先生」と呼んでいる。では、パルパレによるクノックの呼称を「博士か否か」の問いの前後に分けてみると、「先生」は以前が十四回、以後が三回、「博士」は以前が一回、以後が三回である。つまり、問いの前と後では「先生」から「博士」へシフトしていることが、少なくとも数字の上では明白である。問いの前に「博士」と呼んだのは、クノックが「騙された」という言葉を口にした時である。これに抗議するよう夫人に促され、「クノック博士の目を覚まして差し上げたいですな」と言う。つまり、騙したことが露見しないようにクノックをなだめる、そういう状況で「博士」の呼称を用いている。問い以後、ことさら「博士」と呼ぶのは、もう二度と同じ問いを発しはしないという証なのである。

さて、ここまで私は、主に第一幕におけるクノックの言説に注目しながら、「クノックは果たして騙されたのか」という問題について検討してきた。結論は、「騙されたが、実は騙されていない」、とでも言うしかあるまい。クノックの言説は虚実のあわいを漂いながら、パルパレと観客の双方に対する仕掛けとして「語られる」。仕掛けの二重構造は見届けたが、クノックの「語り」については依然として謎めいた部分が残っている。たとえば、あの「途方もない質問」の意味についても未検討である。クノックがただのインチキ医者とは思えない。まえに、ルイ・ジューヴェの言葉を引いたときにも述べたように、この人物には底の知れない不気味さが漂っている。クノックの正体を見きわめるためには、『クノック』という作品それ自体の戦略について考えてみることが必要であろう。

八

ジュール・ロマンは、自らの作品について比較的多くを語る作家であるが、クノックという名の由来については何も語っていないようだ。ルイ・ジューヴェは、英語のknockから連想して、KOパンチの「ガツン」という擬音だと述べている。[12] そうかもしれないが、作者のお墨付きをもらった解釈ではない。

それはともかく、『クノック』の戦略を探ろうとする私にとっては、ここに極めて興味深い一つの事実がある。それは、クノックが草稿ではラマンダンと名乗っていたということだ。この草稿が発見された経緯については、一八九九年から一九〇四年の間に書かれた詩や散文の一部（多くは未発表）を編纂した「カイエ・ジュール・ロマン」（第四号）の緒言で、未亡人[13]がおよそ次のように述べていることから大体の察しがつく。[14]

「留守宅（一九四〇年六月、作家は夫人とともにニューヨークへ亡命）はゲシュタポに占拠され、草稿や書簡など多くの文書が持ち去られた。一九四七年に返却されたが、大きな幾つもの段ボール箱にでたらめに詰め込まれた文書は未整理のまま放置された。作家の没後数年たって、（やがてジュール・ロマンの研究者となる）オリヴィエ・ロニーの助力を得て分類に着手したが、種々の制約もあり、青年期から第二次大戦までに受信した書簡を分類するのが精一杯であった。その後、（未亡人が）

文書を国立図書館に寄託したことで事態は好転した。パリ古文書学校出身で、図書館の草稿部にいたアニー・アングルミによって、膨大な文書が手際よく整理されていった。」

一九九三年、ガリマールから新たにポケット版の『クノック』が出版された。アングルミが序文と解題を書き、関連資料を付したものである。解題において彼女は、草稿の存在に言及し、クノックが最初はラマンダンという名であったことを明らかにしている。[15]

さて、ラマンダンといえば、小説『仲間』でもお馴染みの人物であるが、何よりも、前章で取り上げた喜劇『ドノゴー』の、そしてもちろん、その前身である無声映画のシナリオとして書かれた『ドノゴー・トンカ』の主人公である。

『クノック』が誕生する前、つまり草稿では、クノックがラマンダンを名乗っていたという事実は何を意味するか。それは、文字どおりクノックがラマンダンよりも後に生まれたという、制作年代上の事実と符号するのである。

『ドノゴー・トンカ　または科学の奇跡』　一九一九年執筆　一九二〇年出版
『クノック　または医学の勝利』　一九二三年十二月初演　一九二四年出版
『ドノゴー』[16]　一九三〇年十月初演　一九三一年出版

『ドノゴー・トンカ』においてラマンダンは、自己存在の無意味さを悲観して自殺を考える誠実な人間から徐々に脱皮し、詐欺師の修行を積んで、ついには立派な独裁者に成長する。こうしてラマンダンが会得した「詐欺道」の極意、すなわち「方法」を、クノックは最初から授かっているのだ、と私は考える。言い換えれば、クノックの戦略は、当初から詐欺師＝独裁者のそれとして展開されるのである。このことは、シャルトン氏の議論の前提に異議を唱えて以来、テクストに即して検証してきた事実と整合しているものと思われる。そして、このことはまた、当然、作品『クノック』の戦略にも大きく影響を及ぼしているはずだ。

前章で、『ドノゴー・トンカ』には第一次世界大戦に直面したユナニミスト＝ジュール・ロマンの姿が投影されているとの仮説を立て、作家自身の書き残したものやオリビエ・ロニーが提供する資料[17]などから、この仮説の検証を試みた。ロマン・ロランのように[18]堂々たる論陣を張ることはなかったが、この戦争が宿命的なものだとは認められなかった彼は、「新たな戦争を防ぐために、常に、力の及ぶ限りを尽くそう[19]」と決意するのである。

こうしてみると、おそらくは『ドノゴー・トンカ』に引き続いて、喜劇『クノック』を、新たな戦争を防止するためのロマンの戦略、反戦のための戦略として解読する試みは、それほど見当違いではないと思う。

九

だが、その前に片づけておきたい問題がある。クノックが、インチキか否かは別として、ともかくも医者であるということ。この作品が医学を扱っているという点である。確かに、これを医者や医学に対する諷刺劇と見ても、比較するにはかなり異質ではあるが、モリエールの『気で病む男』などと肩を並べる傑作である。傑作であるが故に実にさまざまな、多くは誤解に基づくエピソード[20]が伝えられている。たとえば、医師でもあった小説家ポール・ブールジェが途中で席を立ったとか（病弱な女性を同伴していたらしい）、産科の某有名教授がこれを「冒涜だ」と言ったとか、巡業先で医師団が上演を忌避して劇場を封鎖したとか。誤解の多くは、この作品が単に医者や医学を諷刺したものだとの一面的な見方によるものである。

とはいえ、医学の諷刺ではないと見るのも、これまた別の誤解であろう。医学は、クロード・ベルナールの実験医学以後、急速に科学技術としての色彩を帯び始めた。科学技術の進歩に人間が追いつけない、そういう時代が始まったのである。第一次大戦は、機関銃や戦車、飛行船や飛行機、毒ガスなど、それまでの馬と大砲による戦争とは比較にならない大量殺戮兵器を生み出した。この作品において医学は、まさにこうした科学技術のシンボルとしての側面を持っている。クノックは、人間の理解を拒みつつ人間を隷属させずにはおかない全能の神すなわち科学技術を、まがい物として体現していると言ってもあながち間違いではあるまい。

少し脱線するようだが、前述の「カイエ・ジュール・ロマン」（第四号）には、作家が、まだルイ・ファリグールという本名で物を書いていた頃の文章が編纂されている。そのなかに、十三歳の時、宿題の作文に書いた「医者の奇跡」（Miracle du Médecin）と題する文章がある。およそ次のような話である。

ある村に、お人好しだが少々足りない人々が、のんびりと暮らしている。パリで医学を修めた若い医者が、故郷のこの村へ戻ってくる。はりきって医院を開いたが、閑古鳥が鳴く始末。研究熱心な医者で、その熱心さは村の人々の目にも度が過ぎるほどだった。村長や村会議員たちの、だからといって値打ちが下がるわけでもあるまいが、という遠慮がちな意見にもかかわらず、この医者のことでは、全然ぱっとしない噂が広まっていた。村の老人たちが言うには、「いやはや時代も変わったものじゃ、昔は医者を頼りにすることもできた。医者もわしらと同じ人間だったから。あんな悪魔のような薬じゃなくて、たっぷり瀉血してくれたり、熱い煎じ薬を飲ませてくれたもんだ。わしらあ、あんな若先生に診てもらったりはしないさ。司祭様にもわかりっこない言葉を口にするでのう」。老婆たちは「あの医者は悪魔と交渉があるそうじゃ」と、ひそひそ声で噂した。

若い医者は村人たちの信頼を得ようと一計を案じた。土地の太鼓（広告屋[21]）に命じて、「日曜日のミサのあと、墓場で死者を蘇らせてみせる」と触れ回らせた。村人たちは信用しなかったが、見るのに金はかからないので、どっと墓場へ詰めかけた。医者の赤恥か、それとも医者の勝利か。固唾をのんで見守る群衆を前に医者は大声で言った。「心ない人々が私を中傷している。そこで、私の医学を証明するために死者を蘇らせて見せよう。どなたか、呼び戻したい死者の名を言ってください」。群衆の一人が、ある名前を口にした。「よろしい」。自信に満ちた医者の態度に、人々は不安を感じはじめた。医者が腕を差し延べ、その名を呼ぼうとした。すると、「やめてください」と叫びながら、群衆をかきわけて一人の男が進み出た。死者の甥である。「天国で幸せに暮らしている伯父を、どうか生き返らせないでください。私たちの苦しい生活を味わせたくはないのです」。医者は微笑んで、「では次」と言った。しかし、群衆の中から次々と名が告げられ、医者がその名を口にしようとするたびに、あるいは身内の者が、あるいは友人たちが異議を唱えた。

結局、誰ひとり蘇ることもなく、群衆は家路についた。そして、医者は村人たちの信頼を勝ち得た。[22]

アングルミはポケット版『クノック』の序文で[23]、この作文の原拠が、幼い頃に故郷サン・ジュリヤン・シャプトゥィユで耳にした炉端話の一つであろう、と推測している。『クノック』の原型とも言うべきこの作文には、科学技術を名乗る新種の神が人間を支配するという、先ほどの話と関連する内容が含まれている。前近代的な医術（＝非科学）と近代医学（＝科学）との対立がある。科学が、非科学の象徴たる呪術すなわち恐怖によって非科学を征服するという逆説がある。近代科学は呪術としての一面を確かに持っているようだ。

クノックの「健康な人間は自覚のない病人である」を巡って、私はこれがクロード・ベルナールの言説の陰画であると述べた。これに付言するなら、作品『クノック』は、実験医学が象徴する近代科学のパロディーにも成りえているのである。

クレール・アンブロセリの『医の倫理』[24]によれば、西洋医学は紀元前五世紀の医師ヒポクラテスに始まったとされている。彼は、十九世紀までの西洋医学が『ヒポクラテスの誓い（一言でいえば、害をなさない）』と『自然治癒の概念』というヒポクラテス医学の二重の刻印を明確に刻み込まれているると述べたあと[25]、「ヒポクラテス医学はとりわけ観察の医学であり、より正確には、自然治癒に依存する医学である。それは病人と自然に信頼をおく医師との対話のうえに成り立っている。『自然は教育や知識なしに、適切なことをする』。この自然主義的原理は、有機体内に自然の自発的な回復力、すなわち、『自然治癒力』が働くという考えに基づいている」[26]と言う。そしてさらに「クロード・ベルナールはまさに『ヒポクラテス医学に対する宣戦布告（G・カンギレム）』をした[27]」のだと書いている。

そういえばパルパレは、二十五年間、サン・モーリスにおいてヒポクラテス医学を実践していたとも言えそうだ。もちろん彼に信念があったわけではない。ただ、医者としての無能さが、結果的に自然治癒の考え方を浸透させ、医者に頼らない風土をつくり上げたのだ。パルパレ自身が得意気に語ったように、サン・モーリスでは「医者の出る幕はない」のである。そのことを示す証言には事欠かない。

太鼓の証言　「診てもらいに行っても、どこが悪いのか見つからないんです」「十中八九こう言って追い出されるんです。『全然何でもない。明日はぴんぴんしてるよ、君』」「それとも、『うんうん』って、ろくに話も聞かないまま急いで他の話をするんです。一時間も、たとえば車の話とか」「それで、たった二十サンチームほどの薬を処方してくれるんです。時にはただの煎じ薬です。煎じ茶一杯飲むのに医者にかかる馬鹿はいませんや」(59-60)

薬剤師ムスケの証言　「パルパレ博士は素晴らしい方ですよ。プライベートでは最高のお付き合いでした」「最初は、わたしも誠実に出来るだけのことをやってました。うちへ来て苦痛を訴えるひとがいたら、ちょっと重症だと見受けたらすぐに、あの方のところへ行かせてました。ハイさようなら！　ですよ。二度と戻ってきたためしはありません」(84)

(パルパレに)「覚えておられませんか、(家内が)偏頭痛を始終こぼしてたでしょう？　もっとも、先生は重視なさいませんでしたが」(137)

紫の服の夫人の証言　（眠れないのでパルパレに相談したが）「毎晩、民法の本を三頁読むようにって。冗談ですわ。物事をちっとも真に受けなかった先生ですから」（106-107）

鍵ホテルの女中の証言　（パルパレに）「でも知らなかったわ、クノック博士の前にもここにお医者さんがいたなんて」（127）

鍵ホテルのレミ女将の証言　「確かにパルパレさんは、いつだって、それは実直な方でしたわ。ですから人並みに勤まってました、あたしたちが医者なしに済ませられた間はね」（163）

パルパレは自然愛好家でもある。彼がサン・モーリスの風景を讃美したことを覚えていたクノックは、三カ月後、病院に様変わりしたホテルの窓から見える景色を指して彼に言う。

「あなたがこの眺めを見て感じたのは、あなた好みの、この自然の美しさだけだったに違いありません。あなたが眺めておられた風景は、荒々しく人間味の乏しいものでした。今日ご覧いただくのは、医学のしみわたった風景です。医者の技術の火が大地の下を駆け巡り、その火に生き生きと輝く風景なのです」（153-154）

ヒポクラテス医学に「宣戦布告」したクロード・ベルナールのように、クノックは、パルパレの

「自然」に「人為」を持ち込んだのである。時に名医を思わせる、何も手を加えず自然に委ねるパルパレ的治療法を斥けてクノックが浸透させたのは、科学技術の名を騙る人為的治療法だった。

クノックの診察ぶりは、まさしく科学者然たるものである。太鼓があやふやな症状を訴える、あの場面もそうだ。

太鼓　くすぐったい、というか、こそばゆいというか。
クノック〔深く精神を集中した様子で〕気をつけて。ごっちゃにしないように。くすぐったいのですか、それとも、こそばゆいのですか？（67）

クノックの問診は、症状のある身体の部位や、年齢が「五十一に近いのか五十二に近いのか」についても、曖昧を許さず常に精確を求める科学者的厳密さに貫かれている。「黒い服の婦人」には、倦怠感と便秘の原因を、あたかも精神分析医のように[28]、本人の記憶にもない四十年前の落下事故によるものだと「きわめて断定的に」解釈してみせる。「治りたいですか、それとも治りたくないですか」と、○か一かの二者択一的な返答を要求する。また、気苦労で眠れないと訴える「紫の服の婦人」には、「寝る前に民法の本を読め」などとふざけた、ヒポクラテス的助言をしたパルパレと違い、「不眠症のなかには、ことのほか重大な意味を持つケースがありましてね」と、眠れない状態を「不眠症」

という科学の言葉で捉え直す。そして、クノックを冷かしに来たあの不埒な元気者たちには、医学的検査による精神と肉体への暴力に加え、心理学を応用した問診によって、人間が科学技術の前ではいかに無力であるかを痛感させる。

博士の名を騙り、病や死に対する恐怖を食い物にする凄腕の詐欺師を主人公とするこの作品は、繰り返しになるが、単に医者や医学を諷刺したものではない。確かに、クロード・ベルナールの実験医学に始まる近代医学のパロディー化は、人間の生死を左右する度合いを急速に強めてきた医学の恐るべき進歩そのものに投げかけた疑問符であり、クノック博士の意のままに操られる人々の愚かさを笑い飛ばすことは、そうした医学の現実に対する無知や無関心への警鐘である。『クノック』には、しかし、それ以上に、科学技術全般に対する問題提起としての意味がある。前にも述べたとおり、第一次大戦は、科学技術の進歩と人間のそれとの不調和をむきだしにした[29]。人間の手の届かないところで、科学技術は、個人の生死のみならず人類の存亡に関わり始めたのである。『クノック』は、いまや人間の手に余るまでに進歩してしまった、医学を含む科学技術の在り方への疑問符であり、同時に、この問題に対する無知と無関心が招くであろう危険を知らせる警鐘なのである。

さて、新たな破局を未然に防ぎたいという作家の意志が『クノック』に反映されている、これが私の仮説であった。それを『クノック』の戦略と呼ぶなら、上述のように、人間と科学技術との不調和に警戒信号を発することが、戦略の一つであったと言えるだろう。だが、見破るのが比較的容易なこの戦略とは別に、もう一つの戦略が見え隠れしているのである。どうやらロマンは、ここでもまた、二重構造の仕掛けを施しているらしい。

十

Voilà soixante jours que l'Europe est en guerre,
L'Europe, mon pays, que j'ai voulu chanter.

Ce n'est pas ainsi que je rêvais
De commencer le chant de l'Europe.

Une angoisse qui tourne en haut de la poitrine
Avec une lenteur écœurante;

L'envie de vivre est bue aussi;
Elle fuit, mélangée au sang.

ヨーロッパが戦場になって六十日、
歌いたかった僕の国ヨーロッパが。

こんな風ではない、僕が夢見た
ヨーロッパの歌の出だしは。

喉元でぐるぐる回る不安
むかつくほどのろのろと。

生きたい気持ちも吸い込まれる、
血にまじって逃げていく。

Et je commence ta louange,
Europe, dans un grand tumulte;
Je dis le chant de ta naissance
Dans le cri même de ta mort.

Je vous appelle, libres foules,

Foules de l'Europe vivante;
Foules contraires à la mort!

Je vous répète qu'il est temps.

だから僕はおまえの讃歌を始めよう、
ヨーロッパよ、大きな混乱のさなかで。
おまえの誕生を歌うのだ
おまえの死の叫びのなかでこそ。

君たちに呼びかける、自由な群衆よ、

生きたヨーロッパの群衆よ、
死に逆らう群衆よ！

繰り返し言う、今がその時だ。

詩集『ヨーロッパ』より[30]

私は前章においてロマンが第一次大戦の終戦直後に書いた映画のシナリオ『ドノゴー・トンカ』について考察し、第一次大戦に直面した作家自身を主人公ラマンダンと重ね合わせて論じた。大戦はロマン自らが構築したユナニミスムというパラダイムの、たとえ陰画であるにせよ、想像を絶する大規模な出現であった。彼にとって、傷ついたユナニミスムを存亡の危機から救い出そうとする試みは瀕死のヨーロッパを蘇生させようとする試みと表裏一体を成していた。大戦中に書いた詩集『ヨーロッパ』は新たな戦争の防止に作家生命を賭けることを決意したロマンのいわば血書であり、存在しない町を存在させるために奔走する『ドノゴー・トンカ』のラマンダンは、戦火にまみれて存在からはほど遠いヨーローパを存在させようとするロマンの創造的精神の表れでもあった。

こうした考察を契機に私は『クノック』を新たな視点から読み直す試みをはじめた。それはまた、この作品について前々から抱いていた疑問を解き明かしたいという願いもあったからである。クノックの謎めいた台詞、奇妙な言説の数々は医者や医学に対する風刺という単純な枠組みに到底収まるものではない。それに、あの卓抜した詐欺師クノックが第一幕でパルパレに騙されたというのがどうにも腑に落ちなかったのである。

私は一つの仮説を立て、奇妙な言説をむしろ手がかりとしてテクストを読み解くことにより、ある程度そうした疑問を解明することができたと考えている。仮説とはこの戯曲が詩集『ヨーロッパ』やシナリオ『ドノゴー・トンカ』に連なるものではないか、つまりこの作品にも、やがて第二次世界大戦と呼ばれることになる破局を未然に防ぐことを決意した作家のメッセージが込められているのではないか、というものである。

この仮説を、以下、テクストに即しながら検証していきたいと思う。

前述したように、クノック対パルパレの関係はパロディーとしてのクロード・ベルナール対ヒポクラテスの関係であった。患者に対して一切の人為的治療を施さなかった、つまり何もしなかったパルパレに取って代わったクノックは自らを実験医学の創始者になぞらえ、サン・モーリスの村に科学技術を装ったイカサマ医学を持ち込むのである。彼の理論すなわち「健康な人間は自覚のない病人である」は、『実験医学研究序説』の冒頭でクロード・ベルナールが述べた医学の使命に関する言説をものの見事に反転させた。

こうして、まがい物の科学技術を巧みに操作し、無料診察に訪れた人々を患者に仕立て上げるというこの作品は、繰り返しになるが、第一次大戦をいっそう悲惨なものにした科学技術の進歩の危うさに警鐘を鳴らすものであった。

しかし、それだけではない。この作品が持つもう一つの戦略がクノックの謎めいた言説のなかに垣間見えるのである。

十一

長洲一二氏は近代社会を簡潔に定義して「第一に政治の面で国民国家、第二に経済の面では市場経済、第三に文化の面では近代科学技術、この三つの急激な発展によって特徴づけられる社会だ[31]という。これは氏が神奈川県知事当時（一九七八年）、こうした近代社会が行き詰まりの兆候を見せはじめていることを背景に、「地方の時代」を標榜した論文のなかで述べたものである。

この定義を第一次大戦に援用するのは歴史を過度に簡略化することになるかもしれない。二十世紀初頭における国民国家の内実は現代のそれと同一視できるものではない。列強による世界再分割という帝国主義的政策が引き起こした戦争は自由な市場経済とは相容れないものがある。さらに、軍備強化をめざした国策としての科学技術と文化としてのそれとは区別されねばならない。しかし、相違点を思い切って捨象すれば、長洲氏の簡単明瞭な定義は第一次大戦を特徴づけるものとしても援用可能だと思われる。

近代の戦争は科学技術の飛躍的な進歩を促すとともに、その進歩によって変質させられた。第一次大戦の惨禍はそのことを如実に物語っている。だが、科学技術の進歩は大戦の原因ではない。原因は、簡単に言ってしまえば近代国家間の利害衝突であり、突き詰めれば国家の存在そのものである。国家が存在するには、当然のことながら、それを構成する国民の存在が不可欠である。

先にも触れたように、ユニオン・サクレ（神聖同盟）の合言葉のもと、ナショナリズム一色に塗りつぶされた大戦さなかに、当時三十歳のロマンが構想したのは、偏狭なナショナリズムから脱却し、一つのヨーロッパをめざすヨーロッパ連合だったのである。彼が大戦中、詩集『ヨーロッパ』と論説

『ヨーロッパが存在するために』において表現した一つのヨーロッパへの願いは、戦後まもなく『ドノゴー・トンカ』というシナリオに結実した、と私はみている。
さて、作家としての存在理由を新たな破局を防止することに見出したロマンが『クノック』において展開したもう一つの戦略とは、結論を先に言ってしまえば、ナショナリズムの土壌となる国民国家そのものの危うさを指摘することではなかったか。『クノック』という作品は、これを一つの国民国家論として読み解くことができるのではないか。

十二

クノックが無料診察の広告をさせるために呼んだ太鼓の話によると、パルパレのあだ名はラヴァショルである。

クノック　〔座って、部屋を眺めたり書き物をしている。〕あなたが、町の太鼓？
太鼓　〔立ったまま〕はい、旦那。
クノック　博士と呼びなさい。返事は「はい、博士」あるいは「いいえ、博士」。
太鼓　はい、博士。

①
クノック　それと、外でわたしの話をするような場合は、必ずこういう言い回しをすること。「博士がおっしゃった」「博士がなさった」…。大事なことですよ、これは。仲間うちでパルパレ博士の話をするときは、どんな言葉を使ってましたか？
太鼓　「人は好いんだが、腕はも一つだな」、なんて言ってました。
クノック　そういうことを聞いているのではありません。「博士」と言ってましたか？
太鼓　いいえ。「パルパレさん」とか「お医者」、それか「ラヴァショル」。
クノック　なぜ「ラヴァショル」と？
太鼓　あだ名でして。でも、なぜなんだかよく分かりません。（57-58）

ラヴァショルというあだ名が観客の笑いを誘うとすれば――むろんロマンはそれを狙ったに違いないのだが――一八九二年に処刑された有名なこのアナーキスト・テロリストが多くの殺人を犯した（と言われている）ように、すぐ患者を死なせてしまうパルパレの藪医者ぶりが連想されるからであろう。確かにこの比喩は第一義的には、テロリストとしてのラヴァショルと藪医者パルパレとの類似性によって成り立っている。しかし、もう一つのより重要な類似性に思い当たる観客がいたかもしれない。死刑判決が言い渡された法廷で「アナーキズム万歳」を叫び、アナーキズムの殉教者とみなされた[32]ラヴァショルは無政府主義の、アンチ・ナショナリズムの象徴なのである。アナーキズムとは本来「指導者・指導原理を持たない」という意味である。パルパレはサン・モーリスにおいて何らの指導原理も持たなかったし、いかなる意味においても指導者ではなかった。この土地には指導者などいなかったのだ。

パルパレに取って代わったクノックはどうか。彼には確固たる指導原理がある。

「健康な人間は自覚のない病人である。」

これをナショナリズムの指導原理として読み替えれば、「健康な人間」とは「国家から自由な人間」であり、「病人」とは「国家に服従し、国家に身を捧げる国民」となる。クノックの指導原理を表すこの言説は、したがって、次のように読めるのではないか。

「自由な人間は自覚のない国民である。」

クノックがパルパレに騙されたのではないことはこれまで見てきたとおりである。彼は騙された被害者を装いながらサン・モーリスにおける指導者の地位をまんまと手に入れた。いわば無血クーデターである。何のために？　病人すなわち国民が存在しない土地を国民国家に変貌させ、その独裁的指導者として君臨するためである。この指導者は、セルジュ・モスコヴィッシが『群衆の時代』[33]のなかで論じている「扇動的」「幻惑的」「カリスマ的」指導者の到来を予告するものと言えるだろう。

ところで、このクーデターを成功させるには協力者が不可欠である。ここで、パルパレが在任中の数十年間、太鼓もベルナール教諭も薬剤師ムスケも、一切お呼びがかからなかったことを思い出しておこう。

クノック　パルパレ博士があなたに広告を依頼されたとき、料金はいかほどでしたか？
太鼓　〔苦々しく〕広告の依頼なんて一度もありませんでしたよ。
クノック　えっ！　何とおっしゃいました？　三十年ここにいて？
太鼓　三十年の間、たった一度の広告も。間違いないです。(60-61)

クノック　パルパレ博士とは絶えず付き合っておられたわけでしょう？
教諭　時々、鍵ホテルのカフェで出会いました。一緒にビリヤードをすることもありました。
クノック　そういう付き合いのことではないんです、わたしの申し上げたいのは。
教諭　ほかに付き合いはありませんでしたよ。

②　クノック　しかし、…しかし…どうやって分担されてたんです？　庶民の衛生教育とか、各家庭

への啓蒙活動とか…。その他いろいろあるでしょうに！　医者と教師が合意の上でなければ出来ない無数の仕事が。

クノック　教諭　わたくしたち、一切、分担などしたことはありません。

クノック　ええっ！　それぞれ別々に行動する方がよかったわけですか？

教諭　もっとずっと簡単なことです。そんなことは、どちらも、一度だって考えもしなかったんです。初めてですよ、サン・モーリスでそういうことが問題になるのは。（74-75）

③

クノック　わたしの前任者には…、やるべき仕事をやるだけの能力がなかったんでしょうか？

ムスケ　それは見方の問題です。

クノック　もう一度言いますが、ねえムスケさん、絶対にここだけの話なんです。

ムスケ　パルパレ博士は素晴らしい方ですよ。プライベートでは最高のお付き合いでした。

クノック　でも、あの方の処方箋を集めても大してかさばりはしない、でしょう？

ムスケ　おっしゃるとおり。

クノック　あの方について今わたしが知っていることをいろいろ突き合わせてみると、あの方が医学というものを信じておられたのかどうか分からなくなってしまいます。（83-84）

赴任した直後、クノックは無料診察を始める前にこの三人を次々に呼び寄せ、言葉巧みに懐柔した。無料診察の宣伝、病気に対する恐怖を植え付けるためのプロパガンダ、薬剤師との結託。いずれの戦術も、医者クノックが患者を作るための方策としてきわめて自然に思われる。しかしこれらの戦術は、クーデターによる政権奪取とその政権の維持という観点に立てば、いっそう自然にみえるのではなかろうか。

言うまでもなく太鼓は放送局、広い意味ではマスコミである。クノックは「あなたの場合は、往診は無料とします。ただし、他言は無用。特別待遇ですからね。」と、太鼓に特権を与えつつ太鼓を病人にする。つまりマスコミを国民化する。

国民化されたマスコミを通じてクノックが宣伝したその中身は何であったか。

「クノック博士は、パルパレ博士の後継者として…云々」(62)

は、政権交代の告示である。さらに、次の文言には重要なメッセージが含まれている。

「毎月曜日午前九時三十分より十一時三十分まで、郡部の皆様方に限り、完全無料診察を行うも

のであります。郡部外の方々の診察は、通常料金八フランのままとさせて頂きます。」(63)

サン・モーリスの住民と域外の住民を隔てるのは、国境である。国境内の住民のみが特権を享受しうるという宣伝は、それまで国境などには無関心であった住民に国家意識を芽生えさせる。国境の内部に住んでいることに安心感と満足感を生じさせる。無料診察の恩恵に浴すために列をなした住民たちは、第二幕でみられるように、様々な仕方で病人＝国民としての強烈な自覚を持つことになる。

ついでに言えば、クノックが太鼓に対して「旦那」ではなく『博士」と呼ぶよう何度も執拗に注意するのは、単に笑いを誘うためだけではない。以前、第一幕における「博士」という呼称の問題を取り上げたが、これは①でクノック自身が言明しているように大事なことなのである。クノックという指導者の名をその称号とともに認知させ浸透させる上で、太鼓＝マスコミの果たす役割は計り知れないものがある。古今東西、指導者を表す称号は数知れず存在するが、サン・モーリスにおける「博士」の称号は、パルパレ博士が指導者として皆目知られていなかった、いや指導者ですらなかっただけに、唯一無二の絶対的権威の象徴となる。

クノックが国民国家を立ち上げるために教育を重視したことは、これまた当然である。②は、国家が国家として存続するために、国民教育がいかに重要であるかを端的に示すものである。

彼はベルナール教諭に講演会を催すよう促し、細菌の拡大写真やら化膿したリンパ腺やら、聴衆に見せる気味の悪いスライド写真の話をする。

教諭　〔胸をむかつかせて〕実は…とても感じやすいたちでして…。そんな中にどっぷり漬かったら、もう眠れなくなります。

クノック　まさにそれが必要なんです。つまり、そのショック効果こそ、わたしたちは聴衆のはらわたまでしみ込ませねばならないのです。（中略）彼らをこそ、もう眠れなくするのです！　なぜなら彼らの間違い、それは眠ること、まやかしの安心のなかで眠ることだからです。（78-79）

人々を絶えず国家意識に目覚めさせておくこと、これこそは不断の国民教育を通じてしか成し得ない大事業である。教育によって国民を再生産することは、国民国家を維持し、愛国心を高め、ナショナリズムを鼓吹するための要諦といっても過言ではあるまい。

では、薬剤師ムスケとは何者か。

クノック　第一級の薬剤師に頼れないような医者など、大砲なしで戦闘に赴く将軍ですからねえ。
ムスケ　うれしいですね、そんなふうに仕事の重要性を認めてくださって。（81-82）

存在価値を認められたばかりでなく収入の倍増まで約束された薬剤師は、感激の余り命がけでクノックに献身することを誓う。事実、第三幕でムスケが語るところによれば彼の売り上げはパルパレ時代の五倍になっている。医者と結託し、その処方箋によって巨万の富を得る薬剤師はさしずめ軍需産業といったところであろうか。戦争をもくろむ国家指導者と軍需産業は、クノックがムスケに言ったとおり「持ちつ持たれつ」の関係なのだから。

そういえば、クノックが薬剤師に話して聞かせた理念は、まさに「国民軍の理念に近いもの」であった。「郡部の全住民は、事実上、我々の指定客である」という大胆な言葉に、「そうはいっても、病気にならなければ！」と疑問を差しはさむムスケをクノックは次のように説得したのである。

④　クノック　「病気になる」、現代の科学的データの前ではもはや通用しない、古い観念ですね。健康というのはただの言葉に過ぎません。我々の語彙から抹消しても何ら不都合のないくらいのものです。わたしの目から見れば、多少とも急速に進行する、多少とも数々の病気に、多少とも冒されている人々しかいないのです。もちろん、あなたが、彼らに元気であると言ってやれば、彼らはひたすらあなたの言葉を信じたがります。だが、あなたは彼らを騙すことになります。あなたの唯一の言い訳としては、手当すべ

き病人がもう多すぎて、新たに引き受けられない、ということですかね。

ムスケ　ともかく、実に見事な理論です。

クノック　まことに現代的な理論ですよ、ムスケさん。とくと考えてみてください。それにこいつは、国家の強さの所以である国民軍の、あの感嘆すべき理念にきわめて近いものなんです。

ムスケ　思想家です、あなたは。クノック博士。唯物論者がどんなに反論したところで、思想が世界を導くのです。（87-88）

「国民軍」は、ここでは「全住民は多かれ少なかれ病気である」ことを説明する比喩ではある。しかしクノックを国民国家の指導者とみなせば、これはもはや比喩であることをやめ、全住民を国民軍に編入する国民皆兵の現実を暴く言葉となる。クノックの指導理念は戦争を正当化するナショナリズムの思想なのだ。

④に見られる「病気」と「健康」を、ここでも、それぞれ「国民」「自由」に読み替えてみよう。

「国民になる」というのは現代ではもはや通用しない古い観念である。「自由」というのは我々の語彙から抹消しても何ら不都合のないただの言葉に過ぎない。

「国民になる」か否かを選ぶことなどできない。「多かれ少なかれ」すなわち、自ら進んでであろうが嫌々ながらであろうが、国家への忠誠ぶりに程度の差はあれ国民なのである。国民国家における個人の「自由」など幻想に過ぎない。[34]

③で見たように、クノックは「あの方（パルパレ）が医学というものを信じておられたかどうか分からなくなってしまう」と言う。「医学」とは、ここでは無論その字義通りの意味であろう。しかし同時にそれは、暗にというか明らかにと言うべきか、「国家」を指す言葉でもある。アナーキスト＝パルパレが国家を信じていたはずもなかろう。

こうして、「医学」を「国家」と読めば、第三幕におけるクノックの言説の謎は解明されるのではないか。

十三

第三幕でクノックは借金の取り立てにやってきたパルパレに増加の一途をたどる診察・治療件数のグラフを示し、三カ月間の実績を淡々と誇示する。これは、第一幕でパルパレが、クノックに売りつけた医院がいかに流行らないかを得意気にばらしたのと好対照を成している。

ついでながら。支払い日に関する悪しき慣習はクノックによってとっくに改められたのであろう。

クノックは「診察は網で魚を捕るような初歩的な技術だが、治療は養殖だ」と言う。彼はまた、独自の調査を行った結果、実所得が一万二千フラン以上の世帯が郡部の過半数を占めている、とも言う。

パルパレ　何のお話ですか、所得って？
クノック　だってあなた、いつまでも患者でいる人の治療費をですよ、所得が一万二千フラン未満の家庭に負担させるわけにはいきませんよ。そりゃあんまりでしょうから。また、それ以上の所得がある場合も、誰彼なく一律の治療法を見込むことはできますまい。わたしは治療を四つの等級に分けています。（145-146）

所得に応じて四段階の治療法を採用する。クノックが考案したこのシステムは、医学＝国家の等式に当てはめれば、国家経営の基盤となる税制である。治療費は累進課税であり、一万二千フランは課税最低限である。

クノックはまた、税制のみならず社会保障制度にも手を広げている。クノック博士の熱烈な信奉者になった鍵ホテルの女将がパルパレの皮肉に反発して次のように証言している。

パルパレ　とにかくまあ、元気なことに飽き飽きした連中が、ひとつ病気の贅沢でも味わってみたいというなら何も遠慮には及ばんだろうよ。医者にとっては丸儲けだし。

女将　〔猛然と〕どっちにしても、クノック博士が欲得ずくだとでもおっしゃるなら、誰も放っちゃあおきませんよ。あの方が、ここじゃ前代未聞の無料診察というのを始めたんですからね。往診料にしても、お金に余裕のある人には払わせますが、当然でしょ？　でなきゃ殺生というものですわ！　…でも、貧しい人からはびた一文取りはしません。皆が見ています、あの方は村を端から端まで横切って、ガソリンに十フランも出して、気の毒なお婆さんのあばら屋の前にその美しいお車を止めるんです。お婆さんには、あの方に差し上げる山羊のチーズ一つありはしません。（133–134）

「欲得ずく」であることをカムフラージュする医者の演技と解釈するよりも、むしろ、社会民主主義的な福祉事業と見た方が自然であろう。

パルパレが、クノックの凄腕に驚嘆しながらも、患者から搾取することの非をおずおず指摘する場面がある。

パルパレ　しかし、あなたの方法では、患者の利益がいささか医者の利益の下に置かれてるんじゃありませんかね？
クノック　パルパレ博士、両者の利益よりもっと上の利益があることをお忘れです。
パルパレ　何です？
クノック　医学の利益ですよ。わたしが案じているのはただそれのみです。(149–150)
⑤

⑤は、ここだけを取り上げれば詭弁以外のなにものでもない。しかしながら、これを全体の中に位置づけると奇妙に筋がとおっているのである。既にみたように、クノックはクロード・ベルナールの言説を逆転させたのであった。医学の使命は「健康を維持し病気を治すこと」だと説いた生理学者に逆らって、「健康をなくし病気を維持する」のが医者の務めだ、というのがクノックの信念なのである。医学が必要とされる度合い、つまり医学の存在理由を優先して考えるとクノックの方が論理的には正しいことになる。なぜなら、クロード・ベルナールが説いた医学の使命が完全に達成されたとき、すなわちすべての病気を治し終えたとき、医学の存在理由は消滅するからである。もちろんこれは極論であり、机上の空論でしかない。したがって⑤はやはり詭弁であることに変わりはない。ところで私にはクノックがこのような詭弁を弄して搾取を正当化しているとは考えられないのである。屁理屈で観客を笑わせる芝居だとはとても思えないのである。そもそもこの戯曲が、そういう医者がは

びこる医学界を風刺したものだという見方に違和感を覚えるのである。

こんなことを言えば、冗談を真面目にとり過ぎるといって叱られるかもしれない。⑤の言説はクノックの得意技であるミスティフィカシヨン（人を煙に巻くこと、かつぐこと）に過ぎず、パルパレと観客を煙に巻くだけのことで、それ以上の意味を探そうとするのは見当違いだと非難されるかもしれない。確かに、『クノック』が喜劇であることを私も否定するわけではない。随所に笑いを誘うやりとりもある。病気や医者を題材とし、老獪な医者の手にかかればコロリと騙されてしまう人間の弱さを笑う一方、金儲けにいそしむ医者をちくりと皮肉る、そういう喜劇ととらえる方が素直な読み方かもしれないし、少なくとも気楽ではある。

しかし、テクスト自体がそういう気楽な読み方を許さないことも事実なのだ。二十五年間クノック役を演じたルイ・ジューヴェが、その演劇人生を回想した書物のなかで「クノックは今日もなお私にとって謎だ」と語ったことは前に述べた。彼はさらに次のような興味深いエピソードを伝えている。[35] ジューヴェとその劇団が『クノック』の稽古に余念がなかった時である。彼から台本を借りて読んだジョルジュ・ピトエフ（一九一九年ロシアから亡命）がジューヴェを訪ね、芝居を譲って欲しいといってきかなかった。ジューヴェに作品の悲劇性を説き、「おまえにはこの芝居の上演は無理だ」とまで言った。ピトエフによれば、ここに描かれているのは現代の恐るべき悲劇であり、実に不気味な芝居なのである。ジューヴェが幾つかの喜劇的な場面を取り上げて反論してもピトエフは「絶対に違う」と言って応じなかったという。

ジューヴェ自身も稽古中は幾つかの不安を抱いていたようだ。その一つに、「喜劇性が時おり深刻になってしまうこの芝居の奇妙さ」をあげている。そして「この医学風刺は文学的には必ず成功するだろうが、興行的にはさっぱりだろうと思っていた」と述べている。ただし、『クノック』に関する回想の後の方では、彼もまた、この芝居が単なる「医学風刺」を越える何か――二十世紀前半に世界中で起こったありとあらゆる暴力や脅威を想起させる何か――を持っていると見ている。

少し遠回りをしたようだ。医学は医学であると同時に国家であり、クノックは医者でもあり国家の指導者でもあるという二股膏薬を貼ったままでは迷路に入り込んでしまう。道に迷わないために、もう一度しっかりと標識を確認しておこう。患者も医者も医学もダミーであり、問題はあくまで国民と、その指導者と、そして国家なのだ。クノックが「ただそれのみを案じている」と称するのは国家の利益なのである。レーゾン・デタ（国家理性、国是）の前では国民の利益も指導者の利益も物の数ではない。国民国家の独裁的・カリスマ的指導者となりつつあるクノックにとって⑤の言説は、詭弁であるどころか、きわめて明快な論理的かつ現実的帰結なのである。『クノック』が喜劇であるとすれば、それは、デフォルメされた独裁者クノックの言動と彼の言いなりになる従順すぎる国民が滑稽であるからにほかならない。

⑤に続くテクストを見てみよう。

〔間。パルパレ考え込む。〕

パルパレ　ええ、ええ、ええ。

〔この瞬間から終幕まで、舞台照明は徐々に医学的な光の性格を帯びる。周知のとおり、単なる現世的な光に比べると、緑色と紫色の光線に富んだ光である。〕

クノック　あなたから頂戴したのは、幾千人かの中性的な、不確定な個人が住む郡部です。わたしの役割は、彼らを明確にし、医学的存在に導くことなのです。わたしは彼らを床につかせ、果たして何が出てくるか見守るのです。結核、神経症、動脈硬化、何でもいいのです、ただ何かであれば、まったく！　何かであれば！　あのどっちつかずの、あなたが元気者と呼ばれる人間ほど苛立たしいものはありません。（150–151）

戦争に備えて国民を統合することが自らの使命だと信じるクノックにしてみれば、国民としての自覚に欠ける人間、国家から自由だと思っている人間ほど苛立たしい存在はない。国家にとって「中性的な、不確定な個人」から国民としての明確な自覚を引きずり出し、自由など幻想に過ぎないことを思い知らせねばならない。国家に献身するその仕方はどうであれ、彼らを国家的存在に導かなければ気が済まないのである。

そうだ。この「気が済まない」というのがクノックの本質的な一面なのだ。思い通りにならない人間に「苛立つ」こと、そして思い通りに従わせねば「気が済まない」こと、これは古今東西の独裁者に共通する特性ではないか。

クノック　わたしが嫌いなのは、健康というやつが挑発的なそぶりを見せることなんです。だって、それはあんまりだと、あなたも思われるでしょう。我々も目をつぶる場合はあります。ご壮健の仮面を被らせてやっている人も何人かいます。しかし、やがて連中が我々の前でそっくり返って歩いたり、我々を馬鹿にするようなことがあると、わたしは腹を立てます。ここではラファレンスさんがそうでした。
パルパレ　ああ！　大男の？　伸ばした腕に上さんの母親をぶらさげて歩くのが自慢の男でしょう？
クノック　そうです。三ヶ月近くわたしに挑戦してきました…だが、やりましたよ。
パルパレ　何を？
クノック　床についてます。あの男の自慢話は住民の医学的精神を減退させ始めていましたからね。（151-152）

国家にとって無害な自由は放任しておくこともあるが、国家からの自由を声高に、得意気に叫ぶ者がいれば容赦しない。第二幕でクノックを冷やかしに来た二人の元気者がそうであったように、ラファレンスという男もクノックの逆鱗に触れたのであろう。

クノックはまた、自分の存在を国民が重視することを要求する。すべての国民が彼に感謝し、彼を敬愛し、崇めることを求める。彼のいかなる命令にも国民のすべてが心から喜んで従うことを求めるのである。第三幕第六場の長台詞には、こうした独裁者の臭いが強烈に漂っている。鍵ホテルの窓から見える風景をパルパレに示しながらクノックは言う。

⑥ クノック　初めてここに立った時、到着した明くる日ですが、わたしはあまり誇りが持てませんでした。自分の存在が重くない気がしました。この広大な土地は、無礼にもわたしを、そしてわたしの同類を寄せ付けなかったのです。しかし今やわたしは、ここで、大オルガンの鍵盤に向かうオルガニストさながら満足しています。二百五十軒の家々には（中略）、その中の二百五十の部屋には、医学にお祈りを捧げている者がいるのです。二百五十のベッドに横たわる身体が証言しています、人生には意味がある、わたしのお陰で人生には医学的な意味があると。夜はもっと美しいですよ。明かりがつきますからね。その明かりはほとんど皆わたしのもの。患者以外は暗闇のなかで眠

る、したがって削除される。しかし患者は、夜通し小さな明かりやランプを灯したままにしておく。医学の外にある一切のものは、夜がその苛立たしさと挑発的な態度を始末してくれる、遠ざけてくれる。村はいわば夜の大空に変身する、そして、常にわたしがその造り主となるのです。そうそう、教会の鐘の話が未だでしたね。考えてごらんなさい、あの人たちにとっては、鐘の第一の役目はわたしの指示を思い出させることなんです。鐘の音はわたしの処方の声です。考えてごらんなさい、もうすぐ十時の鐘が鳴りますが、十時というのは、すべての患者にとって二回目の肛門検温の時刻なんです。もうすぐ二百五十本の検温器が一斉に差し込まれるのです…。(154–155)

鐘の音を合図に一斉に差し込まれる検温器。このイメージこそが、『クノック』の喜劇性を根底で支えているのである。独裁者の下す命令とは、所詮この程度のものなのだ。命令する方も滑稽だが嬉々としてそれに従う国民はさらに滑稽だ。この滑稽さを腹の底から笑い飛ばすことが「健康」の証であり「自由」の証なのだ。「健康な人間は自覚のない病人である」というクノックの言説は、自由なはずの人間が集団となって自由を放棄し、独裁国家の国民となる危険性を示唆するものである。

十四

それにしても、なぜ自由を放棄して唯々諾々と独裁者に従うのか。

⑥において「人生の意味」が語られていることに注目したい。国民がクノックに感謝し服従するのは、彼によって人生の意味が授けられたからなのである。

第一幕でクノックがサン・モーリスについての情報をパルパレ夫妻から聞き出す場面があった。「途方もない質問」に呆れながら夫妻が答えたところによると、この土地柄は次のようであった。

住民の多くは裕福で、金利や土地収入で暮らしている。商売は暇つぶしにすぎない。ご婦人方はミサには行くが、神様が日々心の中で大きな位置を占めてなどいない。阿片、コカイン、黒ミサ、男色、政治的信条といった大それた不道徳はない。不倫は異例の発達を遂げてもいないないし強烈な活動対象になってもいない。迷信や秘密結社もなく、魔術師や妖術師も今ではいるはずもない。(44-49)

要するに、熱中するものがない、生き甲斐がない、住民は生きる意味を見失っているのだ。クノックが興奮した様子で「要するに医学の時代が始まるかもしれんということだ」と言い、一刻も早くサン・モーリスへ行きたいとパルパレをせかせたのも、今となってはうなずける話である。クノックは太鼓に、ベルナール教諭に、ムスケに、そして鍵ホテルの女将に生き甲斐を与えた。かつては暇を持て余していたムスケが今は仕事に追われる日々である。売上げが五倍になったこととは別の満足があ

ると言う。「わたしはね、パルパレ博士、仕事が好きなんです。自分が役に立っていると感じることが好きなんです。」(139)

クノックのお陰で、すでに二百五十人が人生に意味を見出した。国家的存在として独裁者に服従する充実感に比べれば、責任ばかり重くて何の役にも立たない自由などに未練はないのである。

セルジュ・モスコヴィッシはスターリンやムッソリーニなどを名指して「扇動的・幻惑的・カリスマ的指導者」という。彼はこうした指導者が台頭した背景に共同体の崩壊と群衆の誕生をあげている。群衆の中で孤立し自らの存在理由を見失った人間たちに、彼らは「一つの模範、一つの理想、人生を生きるに値するものとするのは何かという問題にたいする一つの解答を提示する。(中略)指導者が彼を信奉する人々の群れにむかって、途方もない破壊と犯罪行為を命ずる場合もあるが、人々は黙々としてそれを実行するのだ。かかる権力は、個人から彼らの責任と彼らの自由を剥奪しない限り発揮できない。さらに権力は、そうした人々の真摯な心からの同意を要求する。[36]」と述べている。

自由と引きかえに「生きる意味」を与えるクノックは、まさにこうした指導者の先駆的存在と言える。戦争という明確な国家目標に向けて国民を再統合する求心力、それがクノックなのである。クノックによって国家の臨戦態勢が整ったことを、鍵ホテルの女将もムスケもはっきり証言している。

女将　確かにパルパレさんは、いつだって、とても実直な方でしたわ。ですから人並みに勤まってました、わたしたちが医者なしに済ませられた間はね。困ったのは流行病があった時だけです。だって、そうじゃないですか、ほんとの医者なら、スペイン風邪の時あんなに皆を死なせたりしますか。

パルパレ　「ほんとの医者」なら世界的流行病と戦えるとでも思ってるんですか？　まるで村の駐在さんなら地震と戦えるみたいな話だ。次のやつを待ってなさい、クノック博士がわたしより上手く切り抜けるかどうか、お手並み拝見だ。

女将　（中略）住民のうち虚弱な人たちが全員すでに床についているような所では、皆、でんと構えて待ち受けていますよ、世界的流行病とやらを。何が恐ろしいかというと、ついい先日もベルナールさんが講演会で解説なさってましたけど、それはね、晴天のへきれきなんですよ。

ムスケ　博士、ここでは、そのたぐいの論争は引き起こさない方がいいですよ。医学的・薬学的精神は村中に行き渡ってます。基礎的知識は満ちあふれています。誰も彼もがあなたに楯突きますよ。（163–164）

「スペイン風邪」は一九一八年から一九二三年にかけて大流行し、世界中で二千万人以上の死亡者があったとされるインフルエンザである。これが第一次世界大戦とオーバーラップすることは明らかであろう。強力な指導者のもとに住民が国家的存在となっている所では、次の大戦への備えは十分なのだ。なにしろ国家的精神が浸透しているのだ。

シピヨン、女中、レミ女将が儀式の道具を携えて登場し、医学的光線を浴びながら一列縦隊で行進するラストシーンからは軍靴の響きが聞こえてきそうである。

医者や医学の風刺画に描き込まれた二つの隠し絵。一つは科学技術の進歩の危うさであり、もう一つは国民国家の危うさである。第一次大戦で苦汁をなめ、新たな戦争を阻止することに作家としての使命を見出したジュール・ロマンは、喜劇『クノック』に二つの仕掛けを施した。

国民国家はクノックのような巧妙で手ごわい詐欺師を独裁的指導者に戴く危うさと常に隣り合わせている。いや、国民国家の成り立ちそのものが虚構であり危うい存在なのだという興味深い議論もある。

第一幕の冒頭で、大きな箱を積もうとする運転手にクノックはこう言ったのだった。

「その箱は大事に頼みますよ。割れ物が入っているんでね。」

クノックが持ち込もうとするものが危うい虚構であることを暗示していると見るのは、私の深読みだろうか。いずれにしても、あの「一斉に差し込まれる二百五十本の検温器」を想像し、クノック的権力の可笑しさに笑いをかみ殺す観客の前で「割れ物」は確実に割れるであろう。

【注】

初出「『クノック』の戦略（上）」「言語と文化」第二号、（言語教育研究センター、関西学院大学、一九九九年）
「『クノック』の戦略（中）」「同右」第三号、（同右、二〇〇〇年）
「『クノック』の戦略（下）」「同右」第五号、（同右、二〇〇二年）
なお、（ ）内の数字は引用箇所のページ数を示す。

1 トーマス・マン（高橋義孝訳）『魔の山』（上）（新潮文庫）三五頁
2 テクストには、Jules Romains : *Knock ou le triomphe de la médecine.*（Gallimard, 1924）を使用した。
3 Pierre Charreton : *Dramaturgie et Epistémologie dans Knock et Donogoo*, Cahiers Jules Romains 3 （Flammarion, 1979）
4 傍点部のフランス語は comme à part lui

5 Louis Jouvet : *Témoignages sur le théâtre*, p.97（Flammarion, 1952）

6 mes procédés

7 私が見たのは、一九五〇年に制作された Louis Jouvet の映画（演出 Guy Lefranc, 脚色 Georges Neveux）のビデオだけである。しかし、この映画は問題の場面について何も教えてはくれない。

8 Oui, trente-deux pages in-octavo: Sur les prétendus états de santé, avec cette épigraphe, que j'ai attribuée à Claude Bernard : « Les gens bien portants sont des malades qui s'ignorent. »

9 Claude Bernard : *Introduction à l'Etude de la Médecine expérimentale*, p.5（Flammarion, 1984）François Dagognet の付した年譜参照。

10 第一回目の支払いは三カ月後である。とすれば、これもまた、パルパレの隙をつく牽制球なのだろうか。しかし、第一幕の最後でパルパレが「よし、よし。三ヶ月したら戻って来よう」と言っているところをみると、どうやらこの牽制球には引っかからなかったようだ。クノックもこれに「そうです。三ヶ月したら戻ってらっしゃい」と応じている。

11 *op. cit., Introduction à l'Etude de la Médecine expérimentale*, p.25（Flammarion, 1984）

12 *op. cit., Témoignages sur le théâtre*, p.100（Flammarion, 1952）

13 Lise Jules-Romains 一九九七年四月十四日パリで永眠。

14 Cahiers Jules-Romains 4, pp.7-8（Flammarion, 1981）

15 Jules Romains : *Knock*, p.137. Ed. d'Annie Angremy. Collection Folio / Théâtre（Gallimard, 1993）

16 『ドノゴー』は『ドノゴー・トンカ』を舞台用に書き改めたものだが、『クノック』の影響か、ラマンダンの人物像に若干の違いが感じられる。

17　Olivier Rony : *Jules Romains ou l'appel au monde*, pp.216-218（Laffont, 1993）

18　ロマン・ロランは亡命先のスイスから反戦と平和を呼びかけ、『戦乱を越えて』などの論文集を発表した。

19　Jules Romains : *Sept mystères du destin de l'Europe*, p.8（Coll. Voix de France, New York, Maison française, 1940）

20　*op. cit.*, Jules Romains : *Knock*, p.138, pp.143-144. Ed. d'Annie Angremy

op. cit., *Témoignages sur le théâtre*, p.104

21　Jules Romains : *Confidences d'un auteur dramatique*, p.71（Estienne, 1953）など、参照。

le tambour du pays（クノックが雇った太鼓は le tambour de ville）

22　*op. cit.*, Cahiers Jules-Romains 4, pp.62-64

23　*op. cit.*, Jules Romains : *Knock*, p.9. Ed. d'Annie Angremy

24　クレール・アンブロセリ著、中川米造訳『医の倫理』（白水社、文庫クセジュ738）

25　同書、一九頁

26　同書、二〇頁

27　同書、二一頁

28　一九二二年一月一日のＮＲＦ誌に掲載されたロマンの論文 *Aperçu de la psychanalyse.*（Problèmes d'Aujourd'hui, Kra, 1931）は、フランスにおける Freud に関する著述としては草分け的なものの一つに数えられる。

29　第二次大戦中、亡命先で書いた論説のなかでロマンは人間と制度の進歩に比して技術の進歩が著しく加速されたことが悲劇の要因であると述べている。Jules Romains : *Problème numéro un*, pp.89-107（Plon, 1947）

30 Jules Romains : *Europe*, p.9, 11, 55, 68, 12, 85（Gallimard, 1960）

31 「世界」主要論文選』七九四頁（岩波書店、一九九五年）

32 *Dictionnaire d'histoire de France*, p.819（Librairie Académique Perrin, 1981）

33 セルジュ・モスコヴィッシ著、古田幸男訳『群衆の時代』（叢書・ウニベルシタス、法政大学出版局、一九八四年）

34 「国家と自由」というテーマについてジュール・ロマンは、戯曲『ミュッス』においても大きく取り上げている。（*Musse*, Gallimard, 1929）

35 *op. cit.*, *Témoignages sur le théâtre*, pp.97-121

36 前掲書、『群衆の時代』二一九頁

八　『クノック博士の奥義・断章』

クノックのその後

一

『クノック』の初演が一九二三年十二月十五日。それからちょうど二十六年後の同じ日一九四九年十二月十五日、ジュール・ロマンは『クノック博士の奥義・断章』[1]という一風変わったエッセーを出した。書誌のほとんどには記載されていないが、初版は二五〇〇部限定で、もっぱら医師団および薬剤師団のために書かれたものだと巻末に断り書きがしてある。これは『クノック』が当初から金儲け主義の医師たち、彼らと結託して甘い汁を吸う薬剤師たちに対する風刺だと一般に解釈されてきたことを踏まえた断り書きなのか。「こんなクノックのような医者がいるはずがない。医学に対する冒涜だ。こんな芝居を上演するのは怪しからん」と、この作品の上演そのものに反発した医者もいれば、多少は胸の痛みを感じた医者もいただろう。あるいは、これからクノックの真似をしてみようと密かに考えた医者や医者の卵がいたかもしれない。それらすべての人々への、これは、医者としての成功の秘訣を耳打ちするような断り書きなのだろうか。

たしかに、『クノック』を悪徳医者の風刺劇と見ることはできる。というより、むしろそう見るのが自然かもしれない。無料診察という天才的な発想によって村人たちを待合室にあふれさせる。「健康な人間は自覚のない病人である」という「確固たる理論」のもとに、訪れた村人たちを言葉巧みに病人化する。人を見て、時にじっくりと相手の話に耳を傾け、重篤の病気であることを自覚させたうえで、その病気を維持するために（つまり、いつまでもクノックのお得意さんでいるために）どれだけの出費が可能か、その経済状況を探り出す。新任の医者をからかいに来た健康自慢の二人組には、肉体への暴力的検査を施したあげく、もはや手遅れだと断定し、医者の権威と医学の恐ろしさを見せつける。現在でもクノックは悪徳医者の代名詞となっている。

だが、騙されてはいけない。ロマンという作家はクノックに劣らずしたたかである。前章『クノックの戦略』において、わたしは『クノック』という作品が医者や医学への風刺というもっともらしい、しかし一面的で単純すぎる解釈に疑問を提起した。そしてテクストの読解と分析をとおして、実は『クノック』には、「医者や医学への風刺」という一見明らかな、しかし表向きの絵のなかに隠された二つの隠し絵があることを指摘した。

一つは、戦争とともに進歩する科学技術への危惧である。博士を詐称するクノックは、医学を科学の地位に高めた生理学者クロード・ベルナールに自らをなぞらえ、科学的医療など未だ浸透していない山村で、「近代的・科学的」診断に基づく「近代的・科学的」治療を施すのである。自覚症状が「こそばゆい」のか「くすぐったい」のか、年齢が「五十一に近いのか五十二に近いのか」など、ひたすら科学的厳密さを求め、フロイト流の無意識的記憶を利用した診断、放射能による治療法、等々、クノックの治療法はまさしく近代科学技術のパロディーである。『クノック』は単なる医学への風刺を超え、進化し続ける科学技術という新しくも恐ろしい神の出現への警鐘なのだ。これは第二次大戦中、ロマンが亡命先で「人間と制度の進歩に比して技術の進歩が著しく加速されたことが悲劇の要因である」[2]と書いたことと繋がるものでもある。

二つめは、「第一次世界大戦」の理不尽な不当さを訴え、やがて「第二次世界大戦」と呼ばれることになる戦争を阻止することに作家としての存在意義を見いだしたロマンからのメッセージである。彼は第一次世界大戦を当初からヨーロッパ内の無意味な内戦とみなし、前線から送られた親友シャルル・ヴィルドゥラックの絶縁状とも言える罵倒に近い手紙[3]にも沈黙を守り、病気を理由に（事実、慢性腸炎を患っていた）前線には赴かず出征兵士の家族に手当てを支給するという非戦闘任務に就き続けた。[4]

クノックは、『ドノゴー・トンカ』[5]（一九一九）の主人公ラマンダンの、より洗練された後継者である。人口の都市集中や教会の機能低下などにより共同体意識が希薄化してゆくなかで孤立を深める人々を、国家という名のもとに再国民化し、強力な暴力装置ともなりうる国民国家の求心力として戦争へと駆り立てる詐欺師的・カリスマ的独裁者のカリカチュアである。クノックに洗脳され、その忠実な取り巻きとなる連中、クノックによって「国民である」という生き甲斐を与えられ、喜々として独裁者を絶対化する人々。こうした人間たちすべてを腹の底から笑いとばすこと、これが『クノック』を書いた作家の本来の意図であると私は思う。

ロマンは、自ら創り出した人物クノックと、その初演以来ずっと親交が続いていると『奥義・断章』の冒頭で打ち明けている。またもやロマン的＝クノック的韜晦（mystification）が始まるのだろうか。

『クノック』を書いたのが第一次世界大戦終戦（1918）の五年後、『クノック博士の奥義・断章』は第二次世界大戦が終結しパリが解放された（1944）の五年後に出されている。いずれも悲惨きわまりない戦争の終結から五年後にロマンが、戯曲とエッセーという表現手段の違いはあれ、クノックという虚構の人物に仮託して何ごとかを表明しようとしたことはたいへん興味深い。

『奥義・断章』は、いわば「その後のクノック」として、大成功をおさめた医者でもあるカリスマ的独裁者が、第二次世界大戦後に何を考えているかをロマンにだけ断片的に打ち明けたという設定のエッセーである。私が『クノック』に見いだした二つの隠し絵が、その後どうなっているのかを以下に検証してみたい。

二

クノックが太鼓（広告屋）に無料診察の触れを依頼する場面を思い出そう。新任の医者が無料診察などという前代未聞の慈善的施しを、しかも市の日で一番人の集まる月曜日に行うと知ってびっくり仰天する。クノックは太鼓に言う、「君にはわかるだろうが、わたしの何よりの願いはだね、皆が健康に気をつけるということなんだよ。金を稼ぎたいのなら、パリかニューヨークに住みついてるよ」。[6]

さて、フランスの山村サン・モーリスに医学を浸透させ、巨万の富を得たであろうクノックは、今や世界的名声を誇る五つの施設のトップである。その一つが、ニューヨークの近くにあるホワイト・ハウス（白亜の殿堂）ならぬホワイト・プレインズ（白亜の平原）研究所という壮麗な施設なのだ。ロマンによればクノックは昔と少しも変わらず、かつて薬剤師のムスケをたちどころに心酔させた、あの気取りのないざっくばらんな人柄そのままである。ただ感心するのは思考の若さである。自らの成功に満足することなく、というより己の成功などには目もくれず、多くの研究所や病院その他の施設のトップとして想像を絶する多忙な業務に追われながらも、その好奇心と創意工夫は一向に衰えることがない。もっとも、「健康な人間は自覚のない病人である」という彼の基本的な理論はいささかも変わっていない。つまり、健康な人間など存在しない、自らの病気を自覚していないだけのことで、クノック博士のような偉大な医師の診断を受ければ、たちまち自分が何らかの病気であり、回復には相当の期間（というより一生）と、その人の所得に応じた医療費がかかることを納得し、喜んで自らの病気を引き受けるのである。

『クノック』は、国家を第一次世界大戦に導いた指導者たちへの、そして彼らに唯々諾々と従った国民たちへの可笑しくも痛烈な批判であった。と同時に、やがて登場することになる独裁者たちをあらかじめ笑い飛ばそうとするものであった。

第二次世界大戦後も、クノックは存在している。それどころか、ますます勢力を拡張し、古臭い独裁者など及びもつかないような斬新奇抜な考えを温めている。『奥義・断章』のクノックは相変わらず医学に奉仕する医者としての立場を保ちながらも、新たな独裁者を目指しているようだ。

かつてのクノックには少々強引なところがなかっただろうか。とりわけ太鼓と元気自慢の二人組、そして借金を取り立てに来た前任者パルパレへの診断はいかにもそうだし、多様なクノック的手法を端的に示す典型的な例ではある。しかし、便秘の婦人、不眠に悩む婦人への診断は決して強引とは言えず、現代のインフォームド・コンセントを先取りするような手法を用いながら、経済状態を言葉巧みに聞き出す例として欠かせない場面である。クノックの強引な性格は、むしろ、第三幕第六場でのパルパレとの対話のなかで明かされる。たとえば次のような台詞である。

あの、どっちつかずの、あなたが元気者と呼ばれる人間ほど苛立たしいものはありません。[7]
わたしが嫌いなのは、健康というやつが挑発的なそぶりをみせることなんです。（中略）我々も目をつぶる場合はあります。ご壮健の仮面を被らせてやっている人も何人かいます。しかし、やがて連中が我々の前でそっくり返って歩いたり、我々を馬鹿にするようなことがあったりすると、わたしは腹を立てます。ここではラファレンスさんがそうでした。[8]

そして、あの長い台詞に見られる、すべてを支配せずには気が済まない性格は独裁者の強引さに通ずるものである。

しかしながら、「その後の」クノックは、その大成功による余裕もあってか、また自らの理論の正当性にすっかり自信を深めて人間的にも成長したせいか、昔の強引さは影をひそめているようにみえる。

ホワイト・プレインズのクノックは、ジュール・ロマンに「病気を選ぶ」ことが大切だと力説する。その病気も、それで死ぬことがないような、患者の意向に沿った（仕事や生活の妨げにならない）ものを慎重に選ぶ必要があると言う。クノックを知らない医者たちにとっては訳の分からない主張だが、おそらく彼の意図はこうであろう。自分が健康だと勘違いしている人間などもはや存在しない。したがって、かつてのように強引に病気を引き出す必要もない。第二次世界大戦を経て、人々は自らが国民であることを嫌というほど思い知らされている。昔クノックが予言したような、カリスマ的独裁者の成功と挫折も知った。旧ソ連の実情は「鉄のカーテン」に隠されていたが、資本主義と社会主義の対立構造（いわゆる冷戦）は、勝者であれ敗者であれ、国民が国家を離れて存在し得ないことを一層明確にした。であれば「自由な人間は自覚のない国民だ」というクノックの理論は万人に認められたことになり、少なくとも自由主義を標榜する国家においては、病人（＝国民）は、より自由にその病気を選ぶ（＝国民としてのあり方を選ぶ）ことが許される、ということであろうか。

とはいえ、「その後の」クノックは、単なる一国家の独裁などというケチな考えを捨て、世界支配という大風呂敷を広げるのである。彼の用語によれば l'Iatrocratie universelle（医学による世界支配）である。相変わらず医学の話ではある。だが、彼自身が断っているように l'Iatrocratie 理論は、単に医学のみの問題ではなく、世界においてそれに隣接するすべての問題に関わるものである。つまり、かつては「医学」が「国家」と同義であったが、いまや「医学」は「世界」と同義なのである。

クノックはロマンにこう語る。[9]

「おわかりでしょう。ここ数年の出来事によって、わたしはより深い考察とより大胆な結論に導かれたのです。わたしが人間の性質に関して見誤ったことは一度もありませんが、いまや一層はっきりと見えるのです。人類の漸進的な解放を企てる、たとえば知識を広め、抑圧の伝統的形態と闘い、政治のメカニズムを改めることで、自由の機会、自由の実質的な量を増やすことを考えるなど、世間知らずもいいところです。それは、人体内から病的な要素をすっかり排出することによって健康の全面的支配を打ち立てると主張するのと同様に馬鹿げたことです。（中略）人間は、規則や掟に対する服従への死活に関わる絶えざる欲求を抱いているのです。外から課せられる規律への服従が必要なのです。人間をそういうものから免れさせようとか、自己の内部に自らの規律を求めさせようなどすれば、最悪の事態を生む恐れがあります。人間は、解放されるや、前よりもはるかに気難しく残忍な新たな専制の毒牙に自ら飛び込むでしょう。それが現代という時代の悲劇なのです。なぜ服従したがるのか。（中略）とりわけ、内的な空虚への悲壮な恐怖感、意味のない人生というおぞましい印象から逃れたいという欲望、また、主体性への恐怖、責任への先天的嫌悪があるのです。」

「さらに、服従は、それが人間の気持ちを深いところで全面的に捕らえるものでなければ値打ちがないし長続きしません。（中略）人間は自らを押しつぶすものを心から愛したいとの欲求を持っているのです。しかし、何でもいいから自分を全的に捧げるというわけにもいかないのです。」

「人類を導くことを担う人々にとって仕事がデリケートなのは、そこなのです。医者が患者にとって最も適した病気を選ばねばならないのと同様、この、より広大な分野においても、必要なのは、人々が愛情を込めて受け入れる服従によって深く人類を支配する類のもの、結局、最も優しく人当たりの良い、言ってみれば最も無害なものを選ばなければならないのです。」

そして、すべての条件を備えた権力のタイプとしてクノックが持ちだすのは、やはり医学なのである。医学の力こそは最も普遍的であり、誰にとっても受け入れやすいものだという。都市、国家、世界レベルでの医学支配（l'Iatrocratie）は喫緊の課題である。現状を放置しておくと、人類はそのエネルギーを新たな破局に向かわせることになろう。そうなればもう取り返しのつかないことになる。それを抑えることのできるのはわたしだけだ、とクノックは言う。新たな破局を起こそうとする連中をベッドに横たわらせ、肛門検温に勤しませるのはクノックにとって赤子の手をひねるようなものだ。各国には、議会に代わって、三つの武器で象徴される大参謀本部を拠り所とし、独裁権力を備えた

「医学最高評議会」を設ける。その武器とは「医学、外科学、薬学」である。

国際的には、無力なＯＮＵ（国際連合）に代わって、全能のＯＭＵ（Organisation Médicale Universelle… 世界医学機構）を立ち上げる。

少々不安になったロマンがクノックに尋ねる。[10]

「過去には、あなたは精神的な威光によって、ただ真理の力のみによって振る舞われた。今あなたは本来の意味での力に頼るお積もりだ。かつて説得力によって勝ち得た魂と心が命令によって勝ち取られることになるのでしょうか。」

クノックは答えて言う。

「あなたが命令と呼ばれるものは新しい秩序の端緒でしかない。それを堅固に打ち立てるのは儀式と実践の力です。パスカルを読み直してごらんなさい。愛されることができなかった専制政治は計算を誤ったからなのです。」

クノックは、かつて『ドノゴー・トンカ』のラマンダンがそうしたように、人々にものを考えさせないために儀式を重要視する。人々に医学的精神を浸透させるため、医学や薬品にちなんだ祝日や祭をふんだんに設けることを計画している。それだけではない。革命的状況の機が熟せば、あるボタンのスイッチを押すのだ。疫病二三五[11]という名のボタンだ。なぜ二三五なのかとの問いにクノックは「愉快な類推だ、メタファーだ」と言う。さらにクノックは「高熱を伴うこの疫病は瞬く間に世界中に広まり、一週間のうちに全人類が床につく。死亡率はゼロだが、人々は世界の終わりが来たと思うだろう。こうした状況でＯＭＵに権力を集中させるのは児戯に等しい」と述べる。

さて、彼の言うメタファーが何を意味するかは明白である。原爆の原料としてのウランは、Ｕ二三五の極度に純粋なものが不可欠である。

三

『クノック博士の奥義・断章』においてジュール・ロマンは何を意図したのだろうか。冒頭に述べたが『クノック』は、私にとっては不思議なことながら、当初から医学や悪徳医者への風刺と解釈されてきた。『奥義・断章』のあとがきにみられる、まるで著者の内緒話のような断り書きにも、これがもっぱら医者と薬剤師のために書かれたものだとある。しかし、今度ばかりは誤解のしようがない。「医学や悪徳医者への風刺」などでないことは隠しようもないであろう。

ジュール・ロマンは一九四〇年六月、夫人とともにニューヨークに亡命した。一作家の反戦への思いや努力などとはまったく無関係に第二次世界大戦は勃発した。留守宅はゲシュタポに占拠され、草稿や書簡など多くの文書が持ち去られた。一九四五年まで、合衆国やメキシコで著作や講演活動を続け、『善意の人々』全二十七巻のうち十九巻から二十四巻はニューヨークで初版が出されている。

一九四九年の『奥義・断章』が作家の合衆国滞在と密接な関係にあることは言うまでもないだろう。クノックをニューヨークに移住させ、医学による世界支配を目論ませる。世界支配の手段は、『奥義・断章』のキーワードと思われる二三五、すなわち原子爆弾である。ただ、クノックの世界制覇が世界中の人間をベッドに横たえるだけで、誰も殺さないところをみると、彼の二三五計画はあたかも核抑止力を思わせる。当時そのような考え方があったかどうかわからないが、人間の能力をはるかに超える科学技術の進歩に対する恐怖、冷戦時代の始まり、地球規模の壊滅的な破局をもたらすであろう第三次世界大戦への不安、それにどう対処すればよいのか。『奥義・断章』を書かせた作家の脳裏には果たして何があったのか、確かなことは何も言えない。

ロマンは、一九五五年、今度は亡命でなく渡米している。「平和と戦争」「科学技術の進歩の是非」こうした問題意識をもってアメリカの知識人、芸術家、作家、科学者など多数のアメリカ人と会談するためである。彼のアメリカでの名声と亡命中の人脈があってのことであろう。その成果は『この惑星の乗客、我らはどこへ行くのか』[12]という書物になっている。

この書物の圧巻というか、ジュール・ロマン渡米のおそらくは最大の目的でもあったろう会談は「原爆の父」オッペンハイマーとのものである。

『ニッポニカ』によれば「一九四一年ごろより彼はアメリカにおける原子爆弾開発に関与するようになった。四三―四五年に、ニュー・メキシコ州ロス・アラモスに建てられた研究所の所長として原爆開発のために多くの科学者を集め、その組織化された成果を引き出すうえで並はずれた指導力を発揮し、原爆を世界で最初に完成させるという大事業をやり抜いた。第二次世界大戦後ただちにバークレーに戻ったが、四七年からはプリンストン高級研究所の所長に迎えられ、六六年までその任にあった。この間、日本の湯川秀樹、朝永振一郎、小平邦彦らのほか、各国から理論物理学者、数学者を招き、世界でトップの研究センターとしての地位を築いた。（中略）オッペンハイマーは一九四九－五〇年における水素爆弾製造の是非をめぐる論争において、製造計画に反対した。（中略）これが当時アメリカ社会を支配した『赤狩り』のマッカーシズム風潮のなかでいわゆる『オッペンハイマー事件』を起こし、彼にスパイ嫌疑がかけられ、五四年原子力委員会は、彼が機密事項に関与することを許可しない決定を行った。（中略）六三年アメリカ政府は彼にフェルミ賞を授与し、反共ヒステリック状態でなされた五四年の決定の非を認め、彼の名誉回復を図ったとされている。」

「その後のクノック」をオッペンハイマーと重ね合わせたい誘惑にかられそうにもなるが、それはさておき、ロマンが彼を訪ねたのはスパイ嫌疑がかけられたきわめて微妙な時期であったといえる。にもかかわらず、同行した夫人とともに快く自宅に招待され、オッペンハイマー夫妻から心からの歓迎を受けたようだ。会談は打ち解けた雰囲気で行われ、ロマンが最も尋ねたかったこと、すなわち「科学技術の進歩の是非」についても率直な意見交換がなされた[13]。

作家が引き出した科学者の話で印象的なものをあげておこう。

「（科学者を含め）専門家の養成は必要だが、それ以前にしっかりした人間教育が不可欠である。人間として基本的に身につけておくべき事柄は、専門や技術よりもはるかに重要である。」

「反近代主義（＝進歩しすぎた科学技術の利便性を犠牲にしてでも昔の生活に戻ろうという考え方）に対しては必ずしも賛成できない。むしろ、科学技術の平和的利用、飢餓や貧困に苦しむ人々のために科学技術が何をなし得るかを考えるべきだ。」

『ニッポニカ』から再び引用すると、「彼は芸術、哲学を愛し、つねに科学と人類の文化の関係に心を砕いた。その魅力的な人格とたぐいまれな才能に恵まれた人物がたどった劇的で波瀾に富んだ生涯と核兵器（の父と称されること）に対する苦悩は、そのまま今日の社会と科学の関係を象徴するものといえる。」（括弧内、筆者補足）

オッペンハイマーとの会談は、科学者と作家という立場を超えてロマンに深い感銘を与えたであろうことは想像に難くない。

『クノック』と『クノック博士の奥義・断章』、登場する二人のクノックを同列に論じることはできないが、少なくとも後者を検証することによって、『クノック』の隠し絵という私の仮説は多少とも補強されたのではないだろうか。

【注】

初出は「その後のクノック」「エクス　言語文化論集、第四号」（関西学院大学、経済学部、二〇〇六年）

1 Jules Romains : *Docteur Knock. Fragments de la Doctrine secrète.*（Manuel Bruker, 1949）
2 Jules Romains : *Le Problème numéro un*, pp.89-107（Plon, 1947）
3 Olivier Rony : *Jules Romains ou l'appel au monde*, p.216（Robert Laffont, 1993）
4 *ibid.*,p.214
5 Jules Romains : *Donogoo-Tonka ou les miracles de la science.*（Gallimard, 1920）
6 Jules Romains : *Knock ou le triomphe de la médecine*, p.64（Gallimard, 1924）
7 *ibid.*, pp.150-151
8 *ibid.*, pp.151-152
9 *op. cit., Docteur* Knock, pp.52-56
10 *ibid.*, p.68
11 *ibid.*, p.72
12 Jules Romains : *Passagers de cette planète, où allons-nous?*（Grasset, 1955）
13 *ibid.*, pp.183-197

結びにかえて

書名の『福は外』は、簡単に言えば「自我から脱出しよう」というジュール・ロマンの呼びかけである。これは自ら味わった苦悩の体験と、自我からの解放をもたらしたであろういわゆる「啓示」を経て、彼の血となり肉となり、その根底を成す思想ともいうべきものになった。

本書で取り上げた作品について再度、「福は外」の観点から整理しておきたいと思う。

『一体生活』は、「自我から脱出して外の世界につながる」ことの歓喜を高らかに歌い上げた。一体となった人々の魂（ユナニム＝一体魂）を「神」と呼び、時代の閉塞感や孤立に苦しむ人々とともに幸福を目指そうと、「ユナニミスム」という名の絆を創作活動の原点においた。個人ではなく集団を描くべきだとする彼の主張は、個人中心の伝統的な文学に反旗を翻すものであった。

客気も手伝って、ユナニミスムの聖典ともいうべき『神化提要』を書いた。「神」を創り出すためのマニュアルである。個の殻をこじ開けてでも自我からの脱出を強要し、集団の魂に一体化することを勧めるのである。ユナニムに加われとの檄文であり、幸福の押しつけと言えなくもないが。

『蘇った町』において、「町」という人間集団は、そのなかの個人がそれを意識すると否とにかかわらず、常に存在する一体感としての魂を賦与されることになる。「町の魂」というものがあって、個人は、たまたま、その一部を分有するだけなのだ。個の魂など、ほとんど問題にもされていない。「町の魂」に、個人が分有している小さな魂を合体させることのみが肝要なのだ。短編とはいえ、ユナニミスムを初めて小説に導入した実験は成功したのではなかろうか。

『或る男の死』は『神化提要』の次の一節を小説にした作品だと言える。

君が死なねばならぬとき、理性の名において死を甘受せよなどと私は言わぬ。生き残りたいという君の願いは理性ごときを眼中におかぬからだ。だが、死の一歩手前で君自身から脱するがよい。家が己れの背に崩れおちるのをぼんやり見ている者があろうか。

初老の男は、死ぬ間際に「あるもの」が肉体から外へ出て行くのを感じる。「魂」という言葉をあえて用いなかったのは、おそらく、「あるもの」のポテンシャルを無限にしておきたかったからであろう。事実、「あるもの」は幾つものユナニムを生んだ。死者は死によって自己を開き、自己から脱出したのだ。皆の記憶から消えた頃、一人の若者が「あるもの」の存在を直観し、死者から脱した「あるもの」は若者の想念のなかで生き続けることになる。

『ドノゴー・トンカ』のラマンダンは、ペテン師的な自殺の専門医による理不尽な処方によって絶望から救われ、「生への熱情」を取り戻す。処方の真意は「自己以外の者のために身も心も捧げよ、この処方を忠実に守ることのみを思え」である。これは、まさに「自我からの脱出」を勧めるジュール・ロマン的幸福論の実践である。

『クノック』では、生き甲斐を見失った人々が、クノックによって病人としての地位を与えられ、病気であることに存在理由を見出す。というのは見せかけで、詐欺師クノックはカリスマ的独裁的指導者として、戦争に備えるために国民国家の強化を図る。国家権力から自由だと思っている者を、次々と「国家に忠誠を尽くす国民」に仕立て上げる。国民化された人々は、国家の中で役割を与えられたことで生き甲斐を見出す。己を捨てて国家のために何ができるか、それのみを考える。これもまた自我からの脱出である。クノックは、偏狭なナショナリストであるが、反語的に考えれば、ジュール・ロマンの意図はまさしく偏狭なナショナリズム（＝自我）からの脱却を訴えることなのである。

『クノック博士の奥義・断章』もまた、第二次世界大戦後の冷戦状態、核の脅威といった不安定極まりない世界情勢のなかで、いかにして国家間、東西両陣営の対立を緩和し、問題の平和的な解決手段を見出すか。国家やイデオロギーといったレベルでの、自我すなわち内向きの姿勢から脱却するかという問題を提起しているのである。

参考文献（筆者が所蔵しているもの。原則として初版の発行年順）

I ジュール・ロマンの著作（イタリック体の刊行年は初版発行年）

1 詩作品

1 *L'Ame des Hommes.* (Bibliothèque de « La Société des poètes français », *1904*) [photocopié]

2 *La vie unanime.* (Mercure de France, 1913; *1908*)

La vie unanime. (Gallimard, 1934, avec la Préface de 1925)

La vie unanime. (Poésie / Gallimard, 1983, avec la préface de Michel Décaudin et le dossier)

3 *Deux poèmes.* (Mercure de France, 1930; *1910*) (Contient : *Le poème du métropolitain* et *Ode à la foule qui est ici.*)

4 *Un être en marche.* (Mercure de France, 1967; *1910*) (Contient : *Maison.* 1950-1953)

5 *Odes et Prières.* (Gallimard, 1936) (Mercure de France, *1913*)

6 *Europe.* (Gallimard, 1960; *1916*)

7 *Le voyage des amants.* (Gallimard, 1937; *1921*)

8 *Poètes Nouveaux.* (Delacrave, *1923*) (Contient : quelques poèmes de *L'âme des Hommes,* et d' *Odes et Prières, etc.*)

9 *Ode génoise.* (Camille Bloch, *1925*)

10 *Chants des dix années,1914 - 1924.* (Gallimard, *1928*) (Contient : *Les Quatres Saisons, Amour couleur de*

Paris, Palais du Monde, Deux Odes, etc.)
11 *Morceaux choisis. Poésie - Prose - Théâtre.* (Gallimard, *1931*) (Contient: quelques poèmes d' *Odes et Prières, etc.*)
12 *L'homme blanc*. (Flammarion, *1937*)
13 *Pierres levées,* suivi de *Maisons*. (Flammarion, 1957; *1945*)

2 戯曲、映画シナリオ

1 *L'armée dans la Ville.* (Mercure de France, *1911*)
2 *Cromedeyre-Le-Vieil.* (Nouvelle Revue française, *1920*)
Cromedeyre-Le-Vieil. (Gallimard, 1952)
3 *Donogoo-Tonka ou les miracles de la science,* suivi de *Le Bourg régénéré.*(Gallimard, 1930; 1920)
4 *Monsieur le Trouhadec saisi par la débouche.* (Gallimard, 1952; *1921*)
Monsieur le Trouhadec saisi par la débouche. Colletion Folio 651 (Gallimard, 1975)
5 *Knock ou le triomphe de la médecine.* (Gallimard, *1924;* 1966)
Knock ou le triomphe de la médecine. Collection Folio 60 (Gallimard, 1986,)
Knock. Edition d' Annie Angremy. Collection Folio / Théâtre (Gallimard, 1993)
6 *Le Mariage de le Trouhadec.* (Gallimard, 1959; *1925*)
7 *Le Dictateur.* (Gallimard, 1959; *1926*)
8 *Jean le Maufranc.* (Gallimard, 1959; *1927*)
9 *Musse.* (Gallimard, 1959; *1929*)
10 *Volpone.* en collaboration avec Stefan Zwaig, d'après Ben Jonson. (Gallimard, 1965; *1929*)

11 *Pièces en un acte.* (Contient: *La scintillante, Amédée et les messeiurs en rang, Démétrios, Le déjeuner marocain.*) (Gallimard, *1930*)

12 *Boën ou la possession des biens.* (Gallimard, 1959; *1931*)

13 *Donogoo.* (Gallimard, 1963; *1931*)

14 *Grâce encore pour la terre.* (Gallimard, 1947; 1941)

3 小説、コント、散文作品

1 *Le Bourg régénéré (petite légende).* (Nouvelle Revue française, 1920; *1906*)

2 *Donogoo-Tonka ou les miracles de la science,* suivi de *Le Bourg régénéré.* (Gallimard, 1930; *1920*)

3 *Manuel de Déification.* (Sansot, *1910*)

Manuel de Déification. (Bulletin des amis de Jules Romains, 1990)

4 *Mort de quelqu'un.* (Gallimard, 1923; *1911*)

Mort de quelqu'un. Le Livre de Poche 2789 (Gallimard, 1970)

Mort de quelqu'un. Collection Folio 1882 (Gallimard, 1987)

5 *Puissances de Paris.* Collection Œuvres et Jours (E. Figuière, *1911*)

6 *Les Copains.* (Gallimard, 1931; *1913*)

Les Copains. Le Livre de Poche 279 (Gallimard, 1969)

7 *Sur les Quais de la Villette.* (E. Figuière, *1914*)

Le Vin blanc de la Villette. (Gallimard, 1923)

8 *Psyché - Lucienne.* (Nouvelle Revue française, *1922*)

9 *Psyché - Le Dieu des Corps.* (Nouvelle Revue française, *1928*)

10 *Psyché - Quand le Navire...* (Nouvelle Revue française, *1929*)
8-2 *Psyché - Lucienne.* (Gallimard, 1929)
9-2 *Psyché - Le Dieu des Corps.* (Gallimard, 1928)
10-2 *Psyché - Quand le Navire...* (Gallimard, 1929)
8-3 *Psyché - Lucienne.* Le Livre de Poche 1349 (Gallimard, 1968)
9-3 *Psyché - Le Dieu des Corps.* Le Livre de Poche 1402 (Gallimard, 1969)
10-3 *Psyché - Quand le Navire...* Le Livre de Poche 1471 (Gallimard, 1968)
8, 9, 10-4 *Psyché*, en 1 vol. Collection Folio 1671 (Gallimard, 1985)
11 *Les Hommes de bonne volonté.* 27 vol. (Flammarion, *1932 - 1946*)
Le 6 Octobre. I (Flammarion, *1932*)
Crime de Quinette. II (Flammarion, *1932*)
Les amours enfantines. III (Flammarion, *1932*)
Eros de Paris. IV (Flammarion, *1932*)
Les Superbes. V (Flammarion, *1933*)
Les Humbles. VI (Flammarion, *1933*)
Recherche d'une église. VII (Flammarion, *1934*)
Province. VIII (Flammarion, *1934*)
Montée des périls. IX (Flammarion, *1935*)
Les Pouvoirs. X (Flammarion, *1935*)
Recours à l'abîme. XI (Flammarion, *1936*)
Les Créateurs. XII (Flammarion, *1936*)

Mission à Rome. XIII (Flammarion, *1937*)
Le drapeau noir. XIV (Flammarion, *1937*)
Prélude à Verdun. XV (Flammarion, 1938)
Verdun (1916). XVI (Flammarion, *1938*)
Vorge contre Quinette. XVII (Flammarion, *1939*)
La douceur de la vie. XVIII (Flammarion, *1939*)
Cette grande lueur à l'est. XIX (Flammarion, 1945;*1941*)
Le monde est ton aventure. XX (Flammarion, 1945; *1941*)
Journées dans la montagne. XXI (Flammarion, 1946; *1942*)
Les travaux et les joies. XXII (Flammarion, 1946; *1943*)
Naissance de la bande. XXIII (Flammarion, 1946; *1944*)
Comparutions. XXIV (Flammarion, 1946; *1944*)
Le tapis magique. XXV (Flammarion, *1946*)
Françoise. XXVI (Flammarion, *1946*)
Le 7 Octobre. XXVII (Flammarion, *1946*)

12 *Eté.* (Dans : *La Guirlande des années.*) (Flammarion, *1942*)
13 *Bertrand de Ganges.* (Contient : *Momentanus.*) (Flammarion, *1947*, *1943*)
14 *Le Moulin et l'Hospice.* (Flammarion, *1949*)
15 *Paris des Hommes de bonne volonté.* Choix de textes tirés des Hommes de bonne volonté, présentation de Lise Jules-Romains. Plans et illustrations par Pierre Belvès (Flammarion, *1949*)
16 *Violation de Frontières.* (Flammarion, *1951*)

17 *Les Homme de bonne volonté.* Nouv. éd. en 4 vol.
a) Illustrations de 120 aquarelles de Dignimont (Flammarion, *1955*)
b) (Flammarion, *1958*)
18 *Les Homme de bonne volonté.* [Extraits] 2 fascicules (Larousse, *1954*)
19 *Verdun.* (Contient : *Prélude à Verdun* et *Verdun*) (Flammarion, *1956*)
20 *Le Fils de Jerphanion.* (Flammarion, *1956*)
21 *Une femme singulière.* (Flammarion, *1957*)
22 *Une femme singulière.* Le Livre de Poche 2430 (Flammarion, 1968)
23 *Le Besoin de voir clair.* (Flammarion, *1958*)
24 *Mémoires de Madame Chauverel (1).* (Flammarion, *1960*)
25 *Mémoires de Madame Chauverel (2).* (Flammarion, *1960*)
26 *Quinette.* (Contient : *Crime de Quinette* et *Vorge contre Quinette*) (Club des éditeurs, *1960*)
27 *Un grand honnête homme.* (Flammarion, *1961*)
28 *Recherche d'une église.* (Flammarion, *1962*)
29 *Portraits d'inconnus.* (Flammarion, *1962*)
30 *Les Homme de bonne volonté. 27 Le 7 octobre.* Ed. J'ai lu.(Flammarion, *1967*) avec le fichier des *Hommes de bonne volonté* établi par Lise Jules-Romains.
31 *Les Homme de bonne volonté.* [Extraits] 2 fascicules (Bordas, *1970*)
32 *Les Homme de bonne volonté.* [Extraits] présentés par Marcel Polivon (Didier, *1971*)
33 *Les Homme de bonne volonté.* [Extraits] 2 fascicules (Nouveaux Classiques Larousse, *1976*)
34 *Quelques Hommes de bonne volonté.* Extraits de *Les Homme de bonne volonté* (Flammarion, *1983*)

4 評論、他

1 *La vision extra-rétinienne et le sens paroptique.* (Gallimard, 1964; *1920*)

2 *Petit traité de versification.* En collaboration avec G. Chennevière. (Coll. Les Documents bleus, 2) (Gallimard, 1924; *1923*)

3 *La vérité en bouteilles.* (M-P. Trémois, *1927*)

4 *Problèmes d'Aujourd'hui.* (Contient : *Pour que l'Europe soit. Ce que « l'Homme dans la Rue» pense de la Société des Nations. Aperçu de la Psychanalyse. Petite Introduction à l'Unanimisme. Sur l'Art dramatique. Les Problèmes de la Sculpture chez Rodin et chez Maillol.*) (Kra, *1931*)

5 *Problèmes européens.* (Contient : *France, Europe, Angleterre. De la Misère à la Dictature. La Crise du Marxisme.* etc.) (Flammarion, *1933*)

6 *Le couple France-Allemagne.* (Flammarion, *1934*)

7 *Visite aux Américains.* (Flammarion, *1936*)

8 *Pour l'Esprit et la Liberté.* (Gallimard, *1937*)

9 *Cela dépend de vous.* (Flammarion, *1938*)

10 *Essai de réponse à la plus vaste question.* [pp.177-196] (N.R.F. 1er août *1939*)

11 *Sept mystères du destin de l'Europe.* (Coll.Voix de France) (New York, la Maison française, *1940*)

12 *Salsette découvre l'Amérique.* (New York, Ed. de la Maison française, *1942*)

13 *Retrouver la foi.* (Flammarion, 1945; *1944*)

14 Le Colloque de Novembre, *Discours de réception de Jules Romains à l'Académie française et réponse de Georges Duhamel de l'Académie française,* 7 novembre 1946. (Flammarion, *1946*)

15 *Le Problème numéro un.* (Coll. Présences) (Plon, *1947*)

16 *Fragments de la Doctrine secrète* (par) le docteur Knock, recueillis par Jules Romains. (Manuel Bruker, *1949*)
17 *Interviews avec Dieu,* sous la signature fictive de : John W. Hicks (Flammarion, *1952*)
18 Saints de notre Calendrier. [Goethe, Balzac, Hugo, Baudelaire, Gobineau, Zola, Strindberg, France, Zweig, Gide, Chennevière, Fargue.] (Flammarion, *1952*)
19 *Jules Romains.* [Présentation par André Figueras, choix de textes, etc.] Poètes d'aujourd'hui 33. (Seghers, 1967; *1952*)
20 *Pages choisies.* (Hachette, 1963: *1953*)
21 *Confidences d'un auteur dramatique.* (Coll. Les inédits d'Estienne). (Estienne, *1953*)
22 *Discours de réception de Fernand Gregh à l'Académie française et réponse de Jules Romains de l'Académie française,* 4 Juin 1953. (Flammarion, *1954*)
23 *Examen de conscience des Français.* (Flammarion, *1954*)
24 *Passagers de cette planète, où allons-nous?* (Grasset, *1955*)
25 *Situation de la Terre.* (Flammarion, *1958*)
26 *Souvenirs et Confidences d'un écrivain.* (Coll. Les Quarante). (Fayard, *1958*)
27 *Hommes, Médecins, Machines.* (Flammarion, *1959*)
28 *Discours de réception de M. Jean Rostand à l'Académie française et Réponse de M. Jules Romains.* (Gallimard, 1960; *1959*)
29 *Les Hauts et les Bas de la Liberté.* (Flammarion, *1960*)
30 *Pour raison garder.* (T.I) (Flammarion, *1960*)
31 *Beetoven.* [ch. VIII *Beethoven tel qu'en lui-même,* par Jules Romains.] (Hachette, 1962; *1960*)
32 *Napoléon.* [ch. XII *Mais qui était-il?,* par Jules Romains.] (Hachette, 1967; *1960*)

33 *Landowski. La main et l'esprit.* (Bibliothèque des arts, *1961*)
34 *Connaissance de Jules Romains, discutée par Jules Romains.* Essai de géographie littéraire, par André Bourin. (Flammarion, *1961*)
35 Alexandre le Grand. [ch. IX *Alexandre, César, Napoléon,* par Jules Romains.] (Hachette, 1964; *1962*)
36 *Pour garder raison*. (T.II) (Flammarion, *1963*)
37 *Napoléon par lui-même.* Morceaux choisis de l'empereur, avec introd. et commentaires de Jules Romains. (Perrin, *1963*)
38 *Ai-je fait ce que j'ai voulu?* (Wesmael-Charlier, *1964*)
39 *Lettre à un ami.* (Flammarion, *1964*)
40 *Lettre à un ami,* deuxième série. (Flammarion, *1965*)
41 *Lettre ouverte contre une vaste conspiration.* (Albin Michel, *1966*)
42 *Pour garder raison*. (T.III) (Flammarion, *1967*)
43 *Marc-Aurèle ou l'Empereur de bonne volonté.* (Flammarion, *1968*)
44 *Amitiés et Rencontres.* (Flammarion, *1970*)

5 序文、他

1 *Le Fauconnier, introduction de Jules Romains.* (Marcel Seheur, *1927*)
2 *Plan du 9 Juillet, avant-propos de Jules Romains.* (Gallimard, *1934*)
3 *Yvan Goll, quatre études par Jules Romains, etc.* (Seghers, *1956*)
4 *Le Roman des Douze, par Jules Romains.* (Julliard, *1957*)
5 *Georges Chennevière, par André Cuisenier, préface par Jules Romains.* (Seghers, *1969*)

Ⅱ ジュール・ロマンに関する著作、他

1 Jean Prévost : *La Conscience créatrice chez Jules Romains.* (N.R.F. avril *1929*)

2 Madelaine Israël : *Jules Romains, sa vie son œuvre.* (Kra, *1931*)

3 *René Lalou : Historire de la Littérature Française*, t. II. (Presses Universitaires de France, *1940*)

4 *Hommage à Jules Romains pour son soixantième anniversaire.* (Flammarion, *1945*)

5 Georges Duhamel : *Le Temps de la recherche .* (Hartmann, *1947*)

6 André Cuisenier : *L'Art de Jules Romains.* (Flammarion, *1948*)

7 André Rousseuaux : *Littérature du vingtième siècle.* (Albin Michel, *1948*)

8 Les Cahiers des Hommes de bonne volonté I, *La Notion d'homme de bonne volonté.* (Flammarion, *1948*)

9 Les Cahiers des Hommes de bonne volonté II, *L'Amitié.* (Flammarion, *1948*)

10 Les Cahiers des Hommes de bonne volonté III, *Où va le monde?* (Flammarion, *1949*)

11 Les Cahiers des Hommes de bonne volonté IV, *Le Crime.* (Flammarion, *1950*)

12 Noël Martin-Deslias : *Jules Romains ou Quand les Hommes de bonne volonté se cherchent.* (Nagel, *1951*)

13 Louis Jouvet : *Témoignages sur le théâtre.* (Flammarion, *1952*)

14 André Cuisenier : *Jules Romains et les Hommes de bonne volonté.* (Flammarion, *1954*)

15 P.J. Norrish : *Drama of the Group, a study of unanimisme in the plays of Jules Romains.* (Cambridge University Press, *1958*)

16 Madeleine Berry : *Jules Romains.* (Ed. Universitaires, *1959*)

17 André Bourin : *Province, terre d'inspiration.* (Albin Michel, *1960*)

18 André Bourin : *Jules Romains discuté par Jules Romains.* (Flammarion, *1961*)

19 André Cuisenier : *Jules Romains, l'unanimisme et les Hommes de bonne volonté.* (Flammarion, *1969*)

20 Michel Raimond : *Le Roman depuis la Révolution.* (Armand Colin, *1969*)
21 *Jules Romains.* (Contient : la chronologie de Jules Romains) (Bibliothèque nationale, *1978*)
22 *La Vie unanime,* la brochure de la Compagnie Jean-Laurent Cochet. Programme édité et réalisé par les publications Willy Fischer, *1983*
23 Lise Jules-Romains : *Les vies inimitables, Souvenirs.* (Flammarion, *1985*)
24 Olivier Rony: *Jules Romains ou l'appel au monde.* (Robert Laffont, *1993*)
25 Correspondance *Jules Romains, Guillaume Apollinaire.* (Jean-Michel Place, *1994*)
26 *Jules Romains et les Ecritures de la simultanéité.* Textes réunis par Dominique Viart. (Presses universitaires du Septentrion, *1996*)
27 Cahiers Jules Romains 1. *Correspondance: André Gide / Jules Romains.* (Flammarion, *1976*)
28 Cahiers Jules Romains 2. *Correspondance: Jacques Copeau / Jules Romains.* (Flammarion, *1978*)
29 Cahiers Jules Romains 3. *Actes du Colloque: Jules Romains.* (Flammarion, *1978*)
30 Cahiers Jules Romains 4. *" J'entends les portes du lointain... "* (Flammarion, *1981*)
31 Cahiers Jules Romains 5. *Les dossiers préparatoires des Hommes de bonne volonté.*(Flammarion, *1983*)
Le projet initial et l'élaboration des quatre premiers volumes.
32 Cahiers Jules Romains 6. *Les dossiers préparatoires des Hommes de bonne volonté.*(Flammarion, *1985*)
Les Tomes V à XIV et les Tomes XVII à XXVII
33 Cahiers Jules Romains 7. *Les dossiers préparatoires des Hommes de bonne volonté.*(Flammarion, *1987*)
Les Tomes XV et XVI
34 Cahiers Jules Romains 8. *Jules Romains face aux historiens contemporains.*(Flammarion, *1990*)
35 Bulletins des Amis de Jules Romains. N^0 1(*1974*) - N^0 84(*1999*)

36 Le Monde, le 19 août 1972
37 Les Nouvelles Littéraires, du 21 au 27 août 1972
38 Le Figaro Littéraire, 30 mai 1988
39 Dirck Degraeve : *La Part du mal. - Essai sur l'imaginaire de Jules Romains dans les Hommes de bonne volonté.* (Droz, *1997*)

Ⅲ その他の文献

1 Christian Sénéchal : L'Abbaye de Créteil. (André Delpeuch, *1930*) [photocopié]
2 Claude Bernard : *Introduction à l'Etude de la Médecine expérimentale.* (Première partie.) (Larousse, *1951*)
3 Valentin Marquetty : *Mon Ami Jouvet.* (Ed. du Conquistador, *1952*)
4 Jacques Chastenet : *Jours sanglants*, la guerre de 1914-1918. (Hachette, *1964*)
5 *Le 6 février 1934.* Présenté par Serge Berstein. (Gallimard / Julliard, *1975*)
6 *Dictionnaire d'histoire de France.* (Librairie Académique Perrin, *1981*)
7 *Claude Bernard : Introduction à l'Etude de la Médecine expérimentale.*[avec la chronologie par François Dagognet] (Flammarion, 1998; *1984*)
8 P. Ory, J.-F. Sirinelli : *Les Intellectuels en France, de l'Affaire Dreyfus à nos jours.* (Colin, *1986*)
9 Alphonse Boudard : *Les grands criminels.* (Le pré aux Clercs, *1989*)
10 Patrick Cabanel : *Nation, Nationalités et Nationalismes en Europe, 1850-1920.* (Ophrys, *1996*)
11 伊吹武彦『近代佛蘭西文學の展望』（白水社、一九三六年）

12『現代人の建設』(創元社、一九三七年)
13 日本フランス語フランス文学会編『フランス文学辞典』(白水社、一九七四年)
14 アンリ・アルヴォン(左近 毅訳)『アナーキズム』(文庫クセジュ、白水社、一九九三年、初版は一九七二年)原書 Henri Arvon : *L'Anarchisme.* (Presses Universitaires de France, 1998; *1951*)
15 クレール・アンブロセリ(中川米造訳)『医の倫理』(文庫クセジュ、白水社、一九九四年、初版は一九九三年)原書 Claire Ambroselli : *L'éthique médicale.* (Presses Universitaires de France, 1998; *1988*)
16 サルトル『シチュアシオン I』(清水徹訳)「新しい神秘家」(人文書院、一九七五年)原書 Jean-Paul Sartre : *Situations I.* (Gallimard, 1947)
17 パスカル『パンセ』四五五(前田陽一責任編集、世界の名著29)(中央公論社、一九七八年)原書 Pascal : *Œuvres complètes.* (Gallimard, 1954)
18 トーマス・マン(高橋義孝訳)『魔の山』(上)(新潮社、一九九四年、初版は一九六九年)
19 ブルトン編(野崎 歓訳)『性に関する探求』(白水社、一九九三年)
20「世界」『主要論文選』(岩波書店、一九九五年)
21 セルジュ・モスコヴィッシ(古田幸男訳)『群衆の時代』(叢書・ウニベルシタス、法政大学出版局、一九八四年)

Ⅳ ジュール・ロマン作品の邦訳書

1 岩田豊雄『クノック』(白水社、一九二七年)
2 堀口大學『ドノゴオ・トンカ』(第一書房、一九二八年)
3 山内義雄『新しき町(一體生活の記録)』(建設社、一九三四年)
4 長谷川善雄『ボォルポヌ』『モロッコ人の晝飯』(立命館出版部、一九三五年)

5 富澤統一郎『リュシエンヌ』（作品社、一九三六年）
6 山内義雄『或る男の死』（白水社、一九三八年）
7 川崎竹一、權守操一、渡邊明正、岡部正孝、高見祐介、木越豊彦『善意の人々1（十月六日）』（創元社、一九四一年）
8 清水俊二『欧羅巴の七つの謎』（六興商會出版部、一九四一年）
9 青柳瑞穂『プシケ』（現代世界文学全集12）（新潮社、一九五三年）
10 川崎竹一『善意の人々Ⅰ』（現代世界文学全集2）（三笠書房、一九五四年）
11 川崎竹一『善意の人々Ⅱ』（現代世界文学全集3）（三笠書房、一九五四年）
12 川崎竹一『もだえ』（Le Fils de Jerphanion）（大日本雄弁会講談社、一九五七年）
13 山内義雄『ヴェルダン』（現代世界文学全集33）（新潮社、一九五八年）
14 岩田豊雄『クノック』（新潮社、一九六〇年）
15 青柳瑞穂『リュシエンヌ（プシケ第一部）』（新潮社、一九六六年）
16 青柳瑞穂『肉體の神（プシケ第二部）』（新潮社、一九六六年）
17 青柳瑞穂『船が…（プシケ第三部）』（新潮社、一九五八年）

あとがき

定年退職を間近に控えた今、この小さな書物を学部研究叢書の一つとして出版することをお認め下さった関西学院大学経済学部教授会の決定に心から感謝申し上げる次第です。大幅に遅延したレポートのようなこの書を、故小島達雄先生はじめ、非力なくせに怠惰な私を寛大にも支えて下さったすべての方々に捧げたいと存じます。

関西学院大学出版会の編集委員の皆様、わけても一方ならぬお世話になった事務局の田中直哉氏および戸坂美果氏に厚くお礼を申し上げます。

七編の論文に加筆や削除などの修正を施しながら、様々なことが思い出されました。

怖いもの知らずで、ジュール・ロマン氏をパリのご自宅に訪問したこと。最初、奥様がお出になり、主人はただいまアカデミー（フランセーズ）の会合に参っております。三十分後にもう一度お出でくださいとの丁寧なご対応。一介のフランス政府給費留学生に過ぎなかった私を優しく迎えて下さったジュール・ロマン氏。「疲れやすいので十分ぐらいで」と、おっしゃった奥様（リーズ・ジュール・ロマン）のお言葉にもかかわらず、来日した折り、天皇陛下にもお目にかかったなど、話が弾み、四巻版の『善意の人々』の初巻にサインを戴いて、お暇するまで小半時もかかっただろうか。氏は私が帰国した一九七二年の夏、逝去された。数年後、再びリーズ・ジュール・ロマン氏をお訪ねしたときも歓迎してくださった。今やジュール・ロマン研究では第一人者といえるオリヴィエ・ロニー氏も同席され、夫人の健康を気遣って「そろそろ」と促されるまで長居をしてしまった。もう、その夫人も帰らぬ人となった。ジュール・ロマン氏の好々爺然としたお顔、お話好きな奥様の笑顔やお声が思い出されてならない。

それにしても、私の研究の拙さ、ロマン文学へのおそらくは多くの誤解、等、顧みて忸怩たる思いを禁じ得ない。今後は、ゆっくりとジュール・ロマンの書いたものを味わいたいと思っている。

著者略歴

加藤 和孝（かとう かずたか）

1943年、兵庫県神戸市に生まれる。
関西学院大学大学院修士課程（仏文学専攻）修了。
現在、関西学院大学経済学部教授。
言語コミュニケーション文化研究科教授。
専攻：20世紀フランス文学、主にジュール・ロマン。

関西学院大学経済学部言語文化研究叢書 第3編

福は外
ジュール・ロマンの幸福論

2011年3月31日初版第一刷発行

著　者　加藤和孝

発行者　宮原浩二郎
発行所　関西学院大学出版会
所在地　〒662-0891
兵庫県西宮市上ケ原一番町1-155
電　話　0798-53-7002

印　刷　株式会社クイックス

Printed in Japan by Kwansei Gakuin University Press
ISBN 978-4-86283-081-4

http://www.kwansei.ac.jp/press